午夜降临前抵达

A Central European Odyssey

刘子超　著

文汇出版社

新经典文化股份有限公司
www.readinglife.com
出　品

目录

序言
出发与抵达

《午夜降临前抵达》记录了我在欧洲大陆的两次漫游："夏"以搭火车的方式，"冬"以自驾的方式。

其实去欧洲大陆的次数远不止两次。这三年来，总有各种机会让我像旧地重游的幽灵一样回到中欧，这其中或许有什么潜在的缘由，就像地心引力那样存在。我想，除了这一地区本身的魅力，中欧对我的吸引还在于它始终生长在帝国和强权的夹缝中，执拗地保持着自己的独特性。它至今仍有一种强烈的撕扯和游移感，而这让三十岁的我感到了某种心灵上的契合。

并不是说我此前遭遇过多大的不幸，以致丧失了人生的意义。在我看来，随着年纪渐长，尽可能有尊严地应付日常生活，已经是足够有意义的事。或许正因如此，我才时常觉得，需要在这平庸的现实世界中找到一个"支点"——只有找到了这个"支点"，今后的生活才会获得更有力的抓手。这恐怕也是我这一代人的共同感受。

作为 1980 年后出生的一代，我们没有经历过饥饿和战争，也没有过父辈那样大起大落的人生。但我们经历了人类历史上变化最为迅猛的三十年，目睹了层出不穷的新事物，见证了一波又一波的时代浪潮。我们希望找到某种恒定的东西，然而无论是故乡还是童年，熟悉的一切都已物是人非。

某种层面上，遥远的中欧就像一个镜像：它也在撕扯、游移、焦虑，却依然保持了某种永恒不变的特质——有不安与刺痛，也有亲切与安慰。这种特质并非显而易见，而是需要旅行者耐心地观看、倾听。这大概也是我一次又一次回到中欧的原因。

当然，我也喜欢旅行者的身份。正是这一身份赋予了我既可置身其中，又可超然世外的特权。在旅行中，我收获喜悦，却不必害怕乐极生悲；我见证苦难，却不必担心承担重负。没人知道我是谁，而我可以成为任何人。这种自由自在的身份，若有若无的归属，大概正是如今最为稀缺的东西。

旅行之后写下什么，对我来说，就是那个获得现实世界"支点"的过程。写作时，我仍能闻到奥地利山间雪松林的松脂味，想起摩拉维亚啤酒爽朗的口感，看到自己驾驶的小汽车像玩具一样漂浮在匈牙利大平原上。如果不能以写作这一艰苦的方式对所见所闻、所思所想加以确认，我总害怕有一天记忆会像我曾经养过的那只小猫，不辞而别。

很多年前，英国作家罗伯特·拜伦被一张土库曼高地的塞尔柱人墓塔的照片吸引，远走中亚，写出了非凡的《前往阿姆河之乡》。他是一位绅士、学者和审美家。在奔赴西非的航船被鱼雷击中前，他已经游历了很多地方，写出了几本充满可爱成见的著作。

曾是苏富比最年轻董事的布鲁斯·查特文在祖母的餐柜里发现了一小块棕红色的兽皮，开启了他半生的放逐与写作。从巴塔哥尼亚高原到捷克斯洛伐克，从澳洲土著到非洲政变，查特文的视野和经验让我深深着迷。

旅行写作并不是一件轻而易举的事。如果说世界是一座巨大的美术馆，国家就是一幅幅画卷。面对一幅画，除了需要时间细细品味，也需要相应的知识。将在此基础上形成的感受、理解，以生动、有趣的语言表出来，更是需要高明的技巧。

遗憾的是，旅行文学很少被当作一种严肃写作。很多人往往把它和流水账、攻略混为一谈。流水账和攻略自有其价值，只是与旅行文学不同。在我看来，旅行文学应该有一种更为严肃而精致的呈现——就像我们在毛姆、拜伦、查特文这些旅行作家的书中反复读到的那样。

在西方，旅行文学的传统已经持续了几百年，而我们的"回望"似乎才刚刚开始。在这样的全球化时代，旅行文学或许已不太可能承担启蒙的任务，但以文学的笔触写下旅程，以精致的文字书写异域，仍然自有其价值。我希望做的，就是尽量避免无知的傲慢和廉价的感动，以旁观者的宽容和鉴赏者的谦逊，观看眼前的世界。这或许就是旅行文学在今天仍然不失的意义。

日本艺术家村上隆在定义他的作品时说："在理解精致艺术跟低阶艺术界限的前提下，刻意将低阶艺术以精致艺术来操作。"这本书便是妄图以文学的手段让"廉价"的旅行写作重新焕发光芒。

我不知道自己能否做到，也不确定如何抵达。就像我在本书中写过的一句话："旅行中最大的困难不是抵达，而是如何抵达。"这不仅适用于旅行写作，也适用于生活中的诸多事情。

好在，我已经出发。

2015 年 8 月 15 日

安塔基亚，土耳其

旅途中

柏林

德累斯顿

布拉格

布拉格

奥斯维辛

兹蒂尔

维也纳

维也纳

维也纳

布达佩斯

布莱德

因斯布鲁克

上部　夏

第一章

疆界的消失，德累斯顿大轰炸，老布拉格的幽灵

1

我离开柏林那天，下着小雨，天空阴沉得像一块陈旧的大理石。风驱赶着路人的雨伞，像有只看不见的手在摆弄街边的花瓣。但很多人根本不用雨伞，他们在雨中浑然不觉，仿佛早已习惯了柏林不期而至的雨水。雨水淋湿了开往查理检查站的旅游巴士，淋湿了奔驰公司的户外广告牌，也淋湿了施普林格先生的雕像。马路上的汽车很少，经过地铁口时，可以听到列车尖锐的刹车声，然后又轰隆隆地开走。

那天上午，我还坐在施普林格先生创办的《图片报》的大厦里，凝望窗外。我的工作很简单，把一篇台湾网站上的文章翻译成英文，那篇文章讲的是如何用一盆水给 iPhone 充电。我谈不上喜欢这份差事，所幸它将在中午结束。下午 3 点，我将

搭乘欧洲巴士公司的大巴前往布拉格。

我在柏林已经住了三个星期。第一个星期住在东柏林的一所公寓里，第二个星期搬到了西柏林选帝侯大街附近的一家老式旅馆。这家旅馆曾是柏林一位时尚摄影师的私宅，二战前是柏林文化人的聚会之所。旅馆夹在宝格丽和卡地亚的店铺之间，可房价却和它的装潢一样还尽量维持着多年前的样子：走廊两侧和二楼宽敞的客厅里，悬挂着当年文人们留下的摄影和绘画作品，高高的天花板，老式电梯，走廊拐角的穿衣镜，踏上去吱吱作响的木地板，当然还有那套持续至今、连经理本人都为之感动的待客之道——每周二晚的爵士四重奏和免费提供的丰盛早餐。

每天早上，打着领结的服务员会把装在小壶里的咖啡放到你的桌上，然后你可以一边喝咖啡一边观看餐厅墙上的照片或窗台上的雕塑。

那样的时刻总是很美好——柏林夏天的早晨，没有什么会让你感到沮丧。当我即将离开时，我发现我最怀念的正是这样闲散的时光。我不再喜欢在旅行指南上画钩，像积攒邮票一样积攒必去的景点。我希望可以在一个城市里随意漫步、坐下，像一个旧地重游的幽灵。我知道，世界上再没有什么地方比欧洲大陆更适合幽灵游荡了。

我把翻译好的文章发给同事，然后提着行李下楼，迎着清新的风穿越被雨水冲洗过的广场，对面一个土耳其人站在杂货铺门口，望着雨中空荡荡的街道。我还有足够的时间，所以拐进街角的一家意大利餐馆。木质桌子上摆着亮闪闪的餐具，窗玻璃在雨中显得雾气蒙蒙，一个漂亮的意大利女人独自坐在桌边喝着开胃酒。我在靠窗的长椅上坐下来，面对着意大利女人，侍者走过来问我要喝点什么，我说要一大杯"柏林客"鲜啤。

啤酒十分冷冽，很好喝，杯身上是一层细密的水珠。我就着餐前面包，慢慢地喝着。在柏林，几乎每人都可以喝上几升啤酒。在东柏林居住的那个星期，我几乎在任何时间都能看到一个个拎着酒瓶的年轻人。他们在地铁上喝，在餐桌上喝，在路边长椅上喝，从早喝到晚。有轨电车轰鸣着驶过社会主义时期的建筑。那些高大空旷的苏式住宅，像一只只眼睛，凝望着东柏林的滚滚红尘。

街边是便宜的小餐馆，从土耳其烤肉到越南河粉应有尽有，墙上是随处可见的涂鸦。二手衣服店、二手唱片店、二手书店，仿佛一切都开放在陈旧的花丛里，而正是这些陈旧之物滋养着东柏林，她像一个毫不在乎自己容颜的女人，自由随性。

每天晚上，我都去一家叫"A-Trane"的酒吧听爵士现场。这里是爵士音乐家的乐园。老板本人是一位出色的钢琴手，酒水的价格更是让北京任何一家酒吧汗颜。我喜欢这家酒吧的名字。每当音乐在午夜响起，我都感到自己坐在一节火车的车厢里，纷飞的音符就是窗外飞驰而逝的风景。

此刻，窗外下着雨。我一边喝啤酒一边吃海鲜意大利面。

爵士乐的最伟大之处在于即兴，听听约翰·科尔特兰，听听奥奈特·科尔曼，听听塞隆尼斯·蒙克，他们最精彩的唱片无一例外录自现场。那些即兴的片段才是爵士自由的灵魂，而这也应该是伟大的旅行所具备的特质。我不喜欢把每一段行程都安排得严丝合缝的旅行，没有即兴，没有随心所欲，没有突发奇想，旅行更像是一种苦行。

注意到我的行李箱，正待得无聊的侍者突然问："出去玩？"

"去捷克，"我说，"然后去波兰、斯洛伐克。"

"一路向东？"

"可能。"

"好运！"

是的，好运，我坐在欧洲巴士公司的大巴上这样想着。如今，唯一确定下来的只有这趟大巴，我将前往布拉格，再从布拉格北上波兰，之后我希望能跨越高耸的塔特拉山，进入斯洛伐克。我不确定这之后要去那里，也不确定将在每个地方逗留多久，更不清楚我能选用何种交通方式。在现实面前，任何精心的策划总会显得脆弱不堪，而最好的应对之策就是随波逐流。我甚至感到一种隐隐的兴奋，因为不确定性正是即兴的旅行者所能得到的最好礼物。

我想起一年前，在印度的大吉岭，我走在街上，突然发现自己丢了钱包。那天阳光明媚，人流汹涌的街道给人一种不真实感。我回到旅馆，上网用 Skype 打电话挂失信用卡。窗外的喧嚣有一种催眠的力量，阳光照耀着室内飞扬的尘土。我在心里玩味着自己的处境并安慰自己：旅行者丢钱包就像浪漫主义作家得肺病一样光荣。

我还能清楚地想起自己当时的心境。它仿佛一只沉睡的小动物，被记忆的魔法召唤苏醒。只是因为时间的缘故，一切曾经的困苦，都染上了一丝脉脉温情。就像这雨中的柏林，我几乎是恋恋不舍地看着她离我越来越远。

刚来柏林那天，正是柏林一年一度的同性恋大游行。街上到处是盛装的同性恋和异装癖者，他们从城市的各个角落聚集到市中心：穿着蕾丝裙的男人，涂着黑眼影的男人，穿着丁字裤和高跟鞋的男人……和他们相比，那些只在鼻子和下巴上穿环的朋克青年，简直只能算是普通青年。

地铁上，我看到一个穿着蓝色连衣裙的男孩坐在我对面描唇。他有苍白的皮肤和淡黄色的头发，睫毛细长。他身上的那种中性气质，让我感到心慌。但为了一睹游行的盛况，我还是跟随他来到波兹坦广场。广场一片狼藉，仿佛刚经历过一场战争。警车停靠在路边，闪着灯，清洁车正从四面八方把广场上的酒瓶、垃圾聚集到一起。天空阴沉苍白，风卷来这天下午的第一批雨点。路边，卖图林根烤肠的临时帐篷生意正旺，从游行队伍里退下来的人，正等着烤肠热狗和大塑料杯装的冰镇啤酒。至少在波兹坦广场，交通已经彻底瘫痪。我沿着混乱的街道走向勃兰登堡门。沿路的露天咖啡馆里，坐满了表情如木乃伊的中产阶级游客，他们静静地喝着白葡萄酒，目不转睛地注视着游行的人群。或许，他们正在人群中寻找自己昔日的影子吧。

游行的气氛在勃兰登堡门到达了顶峰。重型花车上的音响让所有人都停住脚步，随之起舞。有人放起了烟火。冉冉而起的浓烟，模糊了勃兰登堡门上的雕塑，仿佛这些古代诸神刚经历完神话里的腥风血雨，终于杀回到了这个同性恋和异装癖领导的世界。

> 一个国家的危机是一个机会，是给旅行者的一份大礼。
> ——保罗·索鲁，《开往东方之星的鬼魂列车》

但是待在这里的时间越长，我就越感到自己的格格不入。我沿着菩提树大街，走向亚历山大广场。平静的林荫大道有一种抚慰人心的力量。夜幕开始降临，当我回望勃兰登堡门时，那些烟雾仍然像中国皮影一样映在天际线上。

2

这是我第一次乘坐欧洲巴士公司的大巴，车上配有无线网络，舒适度也远超我的想象。我一边看着窗外的风景，一边喝着啤酒，很快就睡意朦胧。等我再次醒来时，大巴正穿行在德累斯顿空旷的街道上。街上无人，有轨电车被夕阳拉出长长的影子，可车上几乎没有乘客。这是我第二次来德累斯顿，第一次是来听卢·里德的演唱会。我还记得他站在易北河畔的露天舞台上，唱着那首《我在等我的男人》(*I'm waiting for my man*)。我的周围都是上了年纪、乳房下垂、挺着肚子的中年人。

当他们是姑娘和小伙子的时候，德累斯顿还属于东德，而卢·里德代表着对资本主义生活的想象。他们一定费了不少心思，才能听到卢·里德的唱片，因为德累斯顿地处易北河谷地，很难接收到西德的无线电信号，被戏称为"无能的山谷"。

大巴穿过连接新城和古城的易北河大桥，这是德累斯顿最美的地方。站在桥上，视野无比开阔，易北河缓缓流淌，老城的巴洛克建筑群在夕阳下惨烈壮美，有一种让人心碎的力量。曾经，这里是萨克森王国的首都，也是整个欧洲的文化中心之一。

透过车窗，我看到圣母教堂的尖顶，看到歌剧院外墙上繁复的雕刻。毫无疑问，它们代表着人类最美好的想象和祝福。然而我知道眼前的一切几乎都是新的、重建的——二战末期的盟军大轰炸，将整座城市和它拥有的文明夷为平地。

我试图想象上百架飞机压过德累斯顿天际线的景象。它们扔下数千吨炸弹，在短短的一瞬间，将这座代表着德国巴洛克建筑之最、曾经美得让人惊叹的城市，化为人间地狱。

　　德累斯顿成了一朵巨大的火花，一切有机物，一切能燃烧的东西都被大火吞没；德累斯顿这时仿佛是一个月亮，除了矿物质外空空如也。

——库尔特·冯内古特，《五号屠场》

我想象着希特勒在他最后日子里的自白："当我的人民在这些考验下毁灭的时候，我不会为之流一滴眼泪，这是他们自己选择的命运！"

德累斯顿大轰炸发生在 1945 年的情人节那天。当时盟军已经开始反攻，苏联红军也从东面逼近德累斯顿。德累斯顿是欧洲的文化中心，重工业并不十分发达，一度被认为是安全之地。因此大部分的防空力量都被调往他处。据相关资料记载，德累斯顿仅剩的防空力量是"青少年高射炮民兵"。

当二百四十五架英国"蚊"式高速轰炸机和"兰开斯特"重型轰炸机飞抵德累斯顿上空时，没有人拉响防空警报。整座城市沉浸在一片慵懒的气氛里，连影剧院也在照常营业。

炸弹从天而降，高温形成的"火焰风暴"直冲云天。一位参与轰炸的英国飞行员回忆："当时的场景让我完全震惊了，我们仿佛飞行在火的海洋上，炽热的火焰透过浓浓的烟雾闪烁着死亡的光芒。一想到在这人间炼狱里还有很多妇女和儿童，我就无法自制地对我的战友们喊道：'我的上帝，这些可怜的人们！'我无法形容我当时的感觉，也无法为之辩护……"

轰炸一直持续到 2 月 15 日，投掷的炸弹总数约有三千九百吨。丘吉尔在回忆录中写道："如果我们走得太远，是否也会成为禽兽？"

纳粹政府承诺迅速采取报复行动，枪决俘虏的盟军轰炸机飞行员——这意味着撕毁二战中主要西方国家遵守的《日内瓦公约》。但最终，纳粹政府决定采用舆论战，将这次轰炸作为反对盟军的宣传工具。他们首先强调德累斯顿没有军事工业，继而公布了一份名为"德累斯顿——屠杀难民"的传单，上面赫然印着两名烧焦儿童的照片。戈培尔宣称有二十万平民死于轰炸——将死亡数字夸大了十倍。

尽管如此，德累斯顿大轰炸仍然算得上人类历史上最惨痛的一幕。它不仅影响了中立国的态度，甚至让很多人对盟国宣称的"绝对道德优越感"产生怀疑。德国小说家君特·格拉斯把德累斯顿大轰炸看成"战争罪行"，而在冷战时期，苏联也有意将德累斯顿大轰炸当作宣传工具，借此疏离东德人与西方国家的感情。

我第一次知道德累斯顿大轰炸是在美国黑色幽默作家冯内古特的小说《五号屠场》里。当时，二十三岁的冯内古特正被囚禁在德累斯顿的战俘营里。轰炸发生时，他躲进地下储肉室，而头上的城市化为废墟，他成为七名幸存的美军战俘之一。后来，冯内古特写道："我目睹过德累斯顿的毁灭。我见过这座城市先前的模样，从空袭避难所出来以后，我又见识到了它被轰炸后的惨状，我的反应之一当然是笑。上帝知道，这是灵魂在寻找宽慰。"

在《五号屠场》里，主人公在德累斯顿大轰炸中九死一生，之后他展开了一场自由穿梭时空的冒险之旅。在特拉法马铎星球，当地人告诉他，当你看到一具尸体的时候，你想到的只是这个人在此特定时刻正处于不良情况下，但他在其他许多时刻却活得好好的。

"现在，当我自己听说某人死了，我只不过耸耸肩，学着特拉法马铎的人对死人的语气说：事情就是这样（So it goes）。"

3

德累斯顿距离捷克边境只有三十公里，大巴很快便悄无声息地驶入另一个国度。我一直在试图寻找一个节点，一个标示疆界的节点，一个岗亭，一个检查站，这样我就可以顺便满足一下旅行者穿越边境时常有的 narcissism（自恋情结）了。然而一路畅通无阻，风景亦无令人警觉的变化，直到我的手机一震，收到一条类似"捷克欢迎您"的短信，我才明白我已经完成了蓄谋已久的边境穿越，那种落寞感就如同小时候坐火车，一觉醒来被告知已经过了黄河大桥。

我曾阅读过不少关于"民族国家"的论述。但或许直到那时，直到跨越边境之时，我才意识到一种真正伟大的、野心勃勃的东西正在欧洲发生。当语言、文化可以自由流动，疆界就消失了。正是这样的自由流动，让疆界变得不再那么重要，而当流动缺失时，疆界才会变成真正意义上的樊篱。在这个意义上，欧洲现在的图景或许就是世界未来的图景。

我掏出笔记本，想随手记下些什么，但随即意识到应该停止这些严肃的胡思乱想，因为我想起一件更为严肃的事。

在柏林上车时，我买了三罐德国啤酒，现在还剩一罐，正孤零零地插在座椅前的尼龙网兜里，而我既不想拎着它穿越布拉格的大街小巷，像个唐人街来的马仔，也不想白白浪费它。我收起笔记本，拿出啤酒，一边喝一边庆幸在捷克也可以喝到好喝的比尔森啤酒——实际上，这种风靡世界的酿酒法正是在捷克的比尔森地区发明的。

这时，我的身后飘来一阵浓郁的带着奶油味的蒜香。我回头一看，是一对情侣，正在分食一块蒜蓉面包。我对大蒜绝无偏见，但是这种在车厢里酝酿的、带着一股暖烘烘味道的蒜香，配合着我嘴里已经温暾的啤酒，变成了一种极为令人崩溃的生化武器。我感到头晕目眩，像一只牡蛎一样四肢无力。我闭上眼睛，听着轮胎摩擦地面的沙沙声。

"你还好吗？"一个声音问我。

我睁开眼，发现是我旁边的那个胖胖的德国姑娘，她之前一直埋首于一本德语小说。

"我还好。"

"你脸色不太好。"

"是吗？我知道。"

"你从哪儿来？"

"中国。"

"一个人？"

"对，你呢？"

"我回家，我母亲是捷克人，"她如释重负地把书一合，"快到了，快到布拉格了。"

"但愿如此。"

终于，那块蒜蓉面包被消灭得差不多了，窗外的景色也渐渐从乡村过渡到城市。当大巴驶进布拉格汽车站时，我感到能呼吸一点新鲜空气是多么美好！

天色已经有些昏暗，一群蝙蝠在车站的棚顶上空盘旋。我和德国姑娘道别，她问我怎么走。我说我订的旅馆离车站大概两公里远，我打算步行过去。

4

我很享受第一次在一个陌生城市漫步的感觉，就像单身很久之后，和一个姑娘开始新的交往。此刻，在布拉格，晚风吹在身上，车上的不适感早已烟消云散。

我喜欢布拉格，因为它到处保留着 19 世纪的痕迹，就像史蒂文·索德伯格的电影《卡夫卡》里的景象。一列火车呼啸着从我头顶的铁桥上驶过，赛弗托瓦大街拐角的一栋楼房里，五楼的一扇窗户亮起了灯光。我突然想到，这里就是捷克作家博胡米尔·赫拉巴尔曾经居住的地方——他就住在一所公寓的五楼。他还活着吗？我是否应该去按响楼下的门铃？然后就像伍迪·艾伦的《午夜巴黎》一样穿越回过去？

我将看到雅罗斯拉夫·哈谢克趿拉着拖鞋，流连于布拉格一个又一个的小酒馆。他随手拿起练习本，趴在酒桌上写起《好兵帅克》，只为换几个酒钱。

我将看到摄影家约瑟夫·苏德克杂乱无章的工作室："一张素描卷放在碟子旁边，碟子里是一瓶硝酸，一些面包皮和咬了几口的小香肠。在这些东西的上方，巴洛克天使的一只翅膀和苏德克的一顶无檐软帽挂在一起。帽子已到了寿终正寝的边缘，正瑟瑟战栗。"然而，在这无与伦比的凌乱中，"他像管风琴手熟谙所有的琴键和踏板一样，对他的这些破烂儿都了如指掌。他需要什么，不假思索便能伸手拿到。"

我也许还将听到，在最后的日子里，捷克诗人、诺贝尔文学奖得主雅罗斯拉夫·塞弗尔特伤感地自白："我的时间也快要到了。然而，我心里却有一个荒唐的、无法实现的愿望：我希望能活到下个世纪。至少在下个世纪活那么一两天，至少三天吧，看一眼将来的好日子。我们这个世纪怎么看都像屠宰场屠夫手里的抹布，不时有又浓又黑的血水在流淌。"塞弗尔特生于1901年，几乎与20世纪同龄。

我凝视着那被橘黄色灯光点亮的窗户，我知道赫拉巴尔、卡夫卡、哈谢克、扬·聂鲁达都已经离开人世，但我相信，这座古老的城市一定还保留着对他们一生的记忆。他们都是这座城市不朽的幽灵，是遍布在布拉格无数个幽灵中的佼佼者。

幽灵是不会死亡的，有时候，他们会回到从前的街区，在路边的啤酒馆叫上一杯比尔森啤酒，然后注视着窗前的灯火。

这些灰白色的楼房已经被暮色调暗，人们纷纷回家，遍布城市的小酒馆里开始聚集起一些忠实的酒客。我拖着行李，上坡下坡，看着那些90年代产的轿车摇摇晃晃地驶过，红色的尾灯在转角处骤然消失。

> 聂鲁达还不断地回到那里去。啊，不！聂鲁达从来没有离开过那里。你可以到处遇见他，在每一个角落遇见他。无论是在春天还是在寒冬，在炎夏，还是在令人怅然若失的城市的秋天。
>
> ——雅罗斯拉夫·塞弗尔特，《世界美如斯》

第二天清晨，我恣意漫步在布拉格。我沿着赛弗托瓦大街走向老城，经过市政厅，穿过老城广场，游客仿佛从次元空间里生长出来，骤然增多。

和任何伟大的城市一样，布拉格如今面临的最大挑战就是如何在游客的肆虐中保持优雅。早在苏联时代，这里就是东德人民组团前来抒发怀古幽情的胜地，如今更是全世界人民的宠儿。她有和巴黎一样完美的建筑，物价却比巴黎亲民；她有迷人的咖啡馆和小酒馆文化；她还是一个适合散步的城市。

在布拉格无数的游荡者中，卡夫卡无疑是其中最著名的一个。他喜欢漫步在午夜的布拉格构思故事，一旦成形，就折回自己的小屋奋笔疾书。我试图在布拉格寻找卡夫卡的幽灵：他经常光顾的 Café Louvre，如今依然生意兴隆；他曾经任职的保险公司的大楼仍然巍然屹立；还有他常去看电影的卢塞尔纳影院——要知道它的设计者正是捷克前总统瓦茨拉夫·哈维尔的祖父。

在布拉格，卡夫卡随处可见：他的像章，他的 T 恤，他的明信片，他的纪念品，他写的书，写他的书。就像切·格瓦拉一样，卡夫卡已经成为商业主义青睐的符号。卡夫卡是布拉格的一笔财富，他回馈这座城市，正如同这座城市曾给予他灵感。他们纠缠一处，难解难分。卡夫卡曾写道："布拉格永远不会放你走，这个可爱的小母亲有双尖利的爪子。"

但是一个古老的城市究竟该朝商业主义走多远？这几乎是一个无法回避的问题。更何况布拉格曾经是社会主义阵营中的一员，政局变动后，她亟须重新找到自己的位置。

如今，这里的高档酒店随处可见，即便在老城广场，在中世纪的古老建筑下，也都是提供国际化饮食的餐馆。游客们可以在烛台下喝葡萄酒，吃牛排和意大利面，也可以要上一杯清酒，品尝从千里之外运来的新鲜刺身。无一例外，这些餐馆都提供四五种语言的菜单。

然而，当法国的路易威登提出租赁查理大桥，作为波希米亚古董车巡展场地时，布拉格人抗议了。

除了布拉格，巡展城市还包括布达佩斯和维也纳。路易威登的计划是，酒会当晚封闭查理大桥，邀请各界名流出席派对，麦当娜也将在桥上献唱。

我站在查理大桥上，想起这个曾经看到的新闻。查理大桥是伏尔塔瓦河上修建的第一座桥梁，是布拉格人的骄傲。据说，在它六百五十多年的历史中，只有两次封桥记录。第一次是 1942 年，纳粹德国下令封桥，缉捕暗杀党卫军的捷克斯洛伐克抵抗组织成员；另一次则是 1968 年，苏联军队开着坦克驶入布拉格，封锁了大桥，镇压了捷克人民的"布拉格之春"运动。对于布拉格人来说，两次封桥的肇事者无疑都是他们的敌人。

"他们想把布拉格的象征当作文化妓女出售吗？"布拉格人大声抗议。

广播电台的记者也上街采访民众，让商业资本倾听人民的呼声。

"查理大桥属于人民，属于我们所有人。"

"封闭查理大桥？它可是国家的象征。应该对所有民众和游客开放。"

路易威登公司没有想到会遭到布拉格人如此强烈的抗议。

他们大概并不知道捷克人民一直就以杰出的公民意识著称。正是这些人在 1989 年推翻了由苏联扶植的政府，成立了民选政府。由于整个过程都在和平中进行，史称"天鹅绒革命"。

据报道，1989 年 11 月 25 日，有七十五万人，约半数以上的布拉格人聆听了异见领袖哈维尔的演讲。十五天后，人民的意志获得了胜利。

2011 年冬天，当哈维尔在家乡去世的消息传来时，无数布拉格民众自发前往瓦茨拉夫广场，悼念这位自由主义者。他们感谢哈维尔，因为他告诉了所有人如何在威权体制下做人。他身体力行，不惜以一次次地坐牢来实践自己的理想。他选择成为捷克历史上第一位真正意义上的"公民"，历史也选择了他。

5

傍晚时分，我走在老城广场上，马车嘚嘚驶过，一切恍若过往。很多人席地而坐，沉浸在老布拉格的夜色中，更多的人坐在周边的餐馆里，享受着红酒与烛光晚餐。为了向布拉格人民致敬，我决定找到一家只有本地人光顾的小酒馆，像一个真正的布拉格人那样吃喝。在那些坐满游客的馆子里，我只会感到深深的寂寞——它们适合情侣，而不适合幽灵。

我穿梭在老城的小巷里，寻找我心目中的馆子，终于在老城与新城交界的一条巷子里，发现了一家灯火通明、半地下的小酒馆，里面乌烟瘴气，坐满了喝啤酒的本地人。侍者光头，身材高大，系着围裙，不会讲英语，而菜单也没有英文，不过我早在本子上记了一些捷克佳肴的名字，如今就按图索骥。我点了烤牛肉配酸奶油酱和蔓越莓，一扎布拉格老泉啤酒。

啤酒是刚从大啤酒桶里打出来的，而烤牛肉配上酸奶油酱很鲜美。已经晚上10点了，周围的人都在喝啤酒，电视正有一搭无一搭地播放着奥运女篮比赛，捷克语像一种晦暗不明的背景音。捷克的啤酒很便宜，十元人民币就能喝到半升的新鲜生啤。我又要了一扎，一口气喝下半杯，终于感到一种久违的归属感：这家暖洋洋的小酒馆，正属于那些天黑以后也不愿回家的幽灵。

进来一位肥胖的捷克大叔，戴着礼帽，穿着西裤，手插在屁股兜里，因为太胖，看上去却像插在裤子侧兜里。他摘下礼帽，挂在衣帽架上，一缕稀疏的长发服帖地趴在额前。他在吧台前要了一扎啤酒，站在那儿一饮而尽，然后拿起礼帽，插着兜，飘然而去。

没错，一个老布拉格的幽灵！

这时，酒馆里进来一个有些谢顶的中年男人，偕同两位穿着热裤和吊带的捷克姑娘。两个姑娘漂亮异常，一个短发，一个长发，都是二十岁左右的样子。因为没有单独的空桌，他们就和我拼桌坐在了一起。显然，他们是这里的常客，中年男人和侍者开着玩笑，两人大笑起来。过了一会儿，侍者端上来三扎啤酒，他们一边说笑着一边喝。

短发姑娘戴着矫正牙齿的牙箍，她拿出烟来抽，长发姑娘也从烟盒里抽出一支点燃。男人抽着烟坐在她们中间，不时笑眯眯地和两个姑娘碰杯。他们说着捷克语，我听不懂，但看上去他们的关系格外亲密。长发姑娘熟练地吐了口烟，在中年男人耳边说了句什么，中年男人就哈哈大笑起来，然后在长发姑娘的脸蛋上亲了一口。

我小口呷着啤酒，猜测着他们之间的关系。这时一个酷似珍·茜宝的姑娘从外面走了进来，她弯下腰和三个人亲吻，然后也在桌边坐下。她从自己的包里拿出烟来，一时间四个人都在吞云吐雾，只有我如坠云雾。

于是，我从大卫杜夫的烟盒里抽出一支已经压得有点走形的香烟，把它捏直，叼在嘴里，然后故意四下寻摸打火机。

"你可以用我的。"短发姑娘用英语说。

我谢了她。"现在我们算平等了，"我说，"每个人一扎啤酒，一支烟。"

三个姑娘笑起来，中年男人则眯缝着眼睛。长发姑娘把我的话用捷克语重复了一遍，他若有所思地听着，然后拿起酒杯对我说："来，朋友，喝酒！"

我和中年男人干杯，我和三个姑娘干杯，他们咕噜咕噜一下就喝下去两大口，我也跟他们一样。

"不错？"中年男人大声问我。

"非常不错！世界上最好的啤酒！"

"没错，我也这么认为！"中年男人颇有共鸣地说，"你从哪儿来，朋友？"

我简单告诉他们我的身份，我说想来写布拉格——这座城市，这里的人，这里的酒馆……

"好题目！"中年男人总结道。

"在布拉格，人们晚上都来小酒馆喝几杯，这是捷克的文化。"短发姑娘告诉我。

她的英语说得非常流利，说话的时候眼睛看着你，有那种小女孩和大人说话时一本正经的神气。

"你的英语不错。"

"我在伦敦待过一些日子——多久来着？"她眨着眼睛算，"两年零十个月，天，将近三年！我根本没想过我会待那么久。"

我问他们叫什么名字。短发姑娘告诉我，她叫多米尼卡，长得像珍·茜宝的姑娘叫爱丽斯卡，长发姑娘叫安娜。

"那这位是？"我用手一指中年男人。

"父亲。"中年男人带着一种陈述事实的口吻说。

"他是我们的父亲米洛斯拉夫，"多米尼卡说，"我们是三姐妹。"

多米尼卡告诉我，她们的母亲晚上去和朋友开派对了，留下可怜的米洛斯拉夫一人在家，于是米洛斯拉夫决定带三个女儿一起来小酒馆喝上几杯。我有些震惊。我固然震惊于做父亲的可以带着三个女儿来酒吧抽烟喝酒，随便开着玩笑，更震惊于留着两撇胡子、已经有些谢顶的米洛斯拉夫竟然有三个如花似玉的女儿。

"你喜欢音乐吗？"米洛斯拉夫突然问我。

我不知道他所问何意，难道这里也有 K 歌的地方，他要拉我一起去？

我说："我喜欢音乐。"

米洛斯拉夫很高兴地喝了一大口啤酒。多米尼卡说，她们的父亲过去是布拉格一个重金属乐队的吉他手。米洛斯拉夫做着疯狂扫弦的动作，我们都笑起来。

我敬给米洛斯拉夫一支香烟，他喝得脸色微红，操着破碎的英语想表达什么，可惜我一句都没听懂。

多米尼卡说，她的父亲年轻时一直想移民澳大利亚。他痛恨苏联，所以拒绝学习俄语，可是当局也不准他学习英语，这就是他英语说不好的原因。正当他琢磨着移民的时候，他遇到了一个女人，也就是她们的母亲。米洛斯拉夫结了婚，生下三个女儿，而移民的梦想也终于成为泡影。

"他现在每天早上 9 点开始喝酒，一醉了就跟人说他年轻那会儿要是去了澳大利亚该多好，"多米尼卡望着她的父亲，目光中带着调侃和垂怜，"和他一起搞乐队的人都移民去了澳大利亚，其中一个拥有一大片农场。"

多米尼卡把最后这句话飞快地用捷克语重复了一遍。米洛斯拉夫把烟屁股狠狠地摁死在烟灰缸里，用手比画着："这么大，这么大的农场！"

> 布拉格的市民不是以刀剑，而是用玩笑给他们所鄙视的统治者致命一击。然而，这种奇特的、不动感情的斗争方式深处却有着惊人的激情。
>
> ——伊凡·克里玛，《布拉格精神》

我们都微笑着，只有米洛斯拉夫一脸悲伤。

我拿起酒杯，建议为米洛斯拉夫的健康干杯，我们"叮叮咚咚"地碰着杯。我对米洛斯拉夫说："移民澳大利亚的朋友也一定很羡慕你，羡慕你有三个这么漂亮的女儿。"

米洛斯拉夫看了看手中的啤酒，又看了看三个女儿，说："有最好的啤酒，有漂亮的女儿，也不坏！"

外面，路灯褐色的光线跳跃着，一辆电车叮铃铃地驶过。小酒馆里人满为患，一到夜晚，这些人就躲进这里，日复一日，伴着啤酒，看着时光流逝，仿佛在等待什么。毫无疑问，他们都是布拉格的幽灵，如果这颗行星上没有小酒馆，他们将无家可归，而我也一样。

可这又是多么美好！能和米洛斯拉夫、多米尼卡、爱丽斯卡、安娜坐在一起，坐在布拉格的小酒馆里，成为这个城市的一部分。

多米尼卡告诉我，她之前在伦敦打工，超市的收银员，她辛辛苦苦地攒钱，在二十三岁生日那天，给自己买了一条项链和一个iPhone手机。可是没几天，在下班回家的路上，她被一伙儿歹徒打劫了，身上的财物，包括新买的项链和手机全被洗劫一空。她伤心地哭了一晚上，然后决定离开伦敦，离开这座永远不会属于她的城市。她回到布拉格，在郊区的一家肯德基当大堂经理，每天坐叮叮车通勤。她最小的妹妹安娜刚从护士学校毕业，现在也在那家肯德基打工。爱丽斯卡则在学习德语，准备去德国碰碰运气。

相遇只是结束，而开始
是星星熄灭成一大袋土豆
当行道树趁机堕落成灰色的棉花糖
老布拉格就把自己点亮了
我看到三姐妹坐着电车
风驰电掣在银河般的街道上

所有的小酒馆都戴上了新帽子
窗口像巨大的烟斗
吞吐夜晚喝醉的甲虫
没人注意天空，已经肿胀成一块马蹄铁

在离月亮最近的桌旁，三姐妹喝着啤酒

伏尔塔瓦河从她们的白手套上流过

一些萤火虫闪耀着采集秘密

一些叹息声像来自宇宙深处的黑洞

玫瑰花开了，在花心的卧室里

荷尔蒙正狠命摇动一棵秋天的苹果树

我知道，就像一个作家应当知道

时间是真实的梦境，而爱情是梦中不真实的镜子

快乐是镜中沙滩上的旧夹克，倾听大海的轰鸣

爵士乐结束时，杯底像干涸的河床

我看到三姐妹乘车离去

城市折叠着街道，橱窗也睁不开眼睛

电车像一只红色熨斗

熨在午夜告别的绸缎上

——《布拉格三姐妹》

"你要是写布拉格的话，一定要写写米洛斯拉夫。"临走前，米洛斯拉夫醉醺醺地对我说，"你就写，米洛斯拉夫有三个漂亮的女儿，他幸福地生活在布拉格。"

我告诉他，我一定会这样写。

现在，米洛斯拉夫，我写下了这句话。我希望你和多米尼卡、爱丽斯卡、安娜能继续幸福地生活。

——在布拉格，或者在别处。

第二章
火车情结，横穿波希米亚，死亡赋格

1

在德国时，我买过一张德铁通票。这是一种专门针对非欧盟地区旅行者的火车票。它允许你在一个月内任意搭乘德国境内的火车。这张票上全是德文，在一些"文明的缓冲地带"就容易出现混乱。

记得有一次，我从德国边境城市特里尔乘德铁去卢森堡，说法语的列车员一脸狐疑地看着我的票，最后决定收取车费。可当我从卢森堡返回特里尔时，另一位狐疑的列车员则大手一挥："Vous n'avez pas à acheter un billet.（你不用买票。）"

直到现在我也没弄清楚，如果有通票的话，特里尔和卢森堡之间是否还需要买票。但我确切地知道，从德国去奥地利的萨尔茨堡不用买票，而去因斯布鲁克需要买票。奥地利列车员

对这类事情可比卢森堡列车员精通得多。

"这里是奥地利，你需要补票。"胖胖的奥地利列车员对我说。此时，火车正穿越一座座山脉，大片的松林和山谷里的城镇在窗外飞驰。雾从松林间升起，像一条白色的腰带，松垮垮地挂在山间，让人想到中国山水画里的风景。

我热爱乘火车旅行，因为它总能以最小的风险，提供最多的可能。对我来说，火车不仅是一种交通工具，它更是一个场所，是出发和抵达城市的一部分。你尽可以通过一趟火车之旅想象两座城市，就像科学家能通过一块恐龙化石还原侏罗纪时代一样。

中学时，我家附近不远处就是北京北站。每次听到火车尖锐的哨声，我都希望自己能跳上那列火车，风雨兼程地远离自己熟悉的一切。火车并不出发，它们启程：它们以自己特有的节奏夯实风景，让被穿越的大地显得更加壮丽、宏大。

约翰·科尔特兰有一张著名的唱片《蓝色火车》(*Blue Train*)。一辆行驶在空蒙夜色中的火车，总是令人充满遐想。美好的爵士时代也是火车时代：作家和音乐家乘着火车旅行，由此催生了大量的音乐和文学作品。

长久以来，我对火车的热情丝毫未减，这多半源于乔治·西姆农的一本小说《看火车驶过的男人》。我是在一家旧书店买到的这本书，它讲述一个叫蓬皮加的男人决定放弃原本安分守己的人生，成为另一个人。他搭上充满怀旧感的火车，出发寻找他渴望已久的女人——过去老板的情妇。然而，在老板的情妇面前，他所期待的爱情并未到来，迎接他的是女人不可抑止的嘲笑。这轻蔑的笑，让蓬皮加顺手解决了她。

他开始一次次地坐上火车，让火车带他前往新的地方，遇见新的女人。他喜欢看火车离去，就像载着希望开始一段新的生活。他要和过去决裂，不与现实妥协，哪怕幸福从此毁于一旦也心甘情愿，因为他早已不在乎。

这本书或许代表了火车写作的极限，我至今仍然对其中一段话记忆犹新：

> 比如说，火车情结。他早已过了男孩儿那种幼稚地迷恋蒸汽车头的阶段，但是火车，尤其是过夜火车，仍然对他有一种致命的吸引：它们总会把一些诡昧不清的念头送进他的心里。

傍晚时分，当我从布拉格踏上去往克拉科夫的过夜火车EX403 Silesia 时，我确有一些诡昧不清的念头：那是一种假期即将终结的感觉，而实际上我的假期才刚刚开始。

此时，布拉格车站沐浴在一片耀眼的阳光中，候车大厅里弥漫着嘈杂的声音，仿佛年久失修的舞台布景。它对面的街上停着一辆白色加长版凯迪拉克，车身上有一排诱人的裸女——那是一家脱衣舞夜总会的流动广告。

车厢里有些闷热，我和一个英国人拼命地扇着帽子。英国人五十多岁，是牛津一家画廊的油画修复师。他旁边是一位黑人女子，穿着尖头蛇皮凉鞋，宽厚的脚板像船桨，露出脚后跟上一层厚厚的白茧。她是个丰满的女人，丰满体现在身体的每一个细节上，那对巨大的胸脯在衬衫下起起伏伏，沉重的金耳环随之熠熠放光。

她对面是一个头发卷曲如方便面的印度小伙子，正用笔记本电脑看枪战片。因为戴着巨大的罩耳式耳机，颇显出一副与世无争的样子。

在门口相对而坐的是一对说捷克语的情侣，穿着质量不太好的套头衫，一个红色，一个蓝色，胸前都印着四个黑色大字：中国黄山。女人梳着马尾辫，男人头上架着墨镜，整个车厢里只有他俩在说话。男人解释着什么，女人则脸望窗外，不时耸耸肩，然后两人都沉默下来。过了一会儿，男人摘下墨镜，头枕靠背，发出了轻微的鼾声。

火车开动以后，英国人迫不及待地站在窗口吹风。他长着灰白的波浪形鬓发，高高的鼻梁，一对爱尔兰人的纤薄嘴唇，眼窝深陷，讲起话来牛津腔很重。我们一搭上话，他就滔滔不绝地讲起来。开始是关于中国在奥运会上的表现，然后我问了一些油画修复的问题。

"当然，我会修复一些珍品，但大部分是赝品，比如鲁本斯或者康斯太勃尔的仿制品，人人都喜欢那些风景画。"

"那你是不是需要了解每位画家的特点？"

"这是必须的，对每个人了如指掌。"英国人说，"我对中国的瓷器也有些了解。"

"哦？你会修复瓷器吗？"

"要先看看是什么样的瓷器，宋代的、元代的……"

"可能是元代的青花瓷。有一次我去东海的一个小岛，当地渔民发现了一艘沉船，上面有很多瓷器……"

"哦？"

"一些碎片，那片海域在过去是海上丝绸之路……"

我们完全不着边际地交谈着，捷克情侣已经分别爬上了最上面的铺位，呼呼大睡；印度小伙子仍然在看电影，连姿势都没有变化；黑人女子脱了鞋，把一双大脚搭在对面无人的铺位上，用一双金鱼眼忧郁地望着窗外。

英国人拿出两瓶啤酒，我们一起喝起来。夜风透过窗缝剧烈地吹打着他的头发，他把窗户关上了一点，这样窗玻璃上就反射出了他的脸。在走廊闪烁的白炽灯下，那脸苍白、消瘦，像一张幽灵的面孔，而我对着窗玻璃看了看自己，也好不到哪里去。

窗外，火车正穿越一望无际的波希米亚平原，但天黑乎乎的，只能勉强看到一些景物的轮廓。我想到村上春树在《1Q84》开篇就提到的那首古典音乐——捷克作曲家雅纳切克的《小交响曲》，村上形容那是一阵"波希米亚平原悠缓的风"。

雅纳切克创作这支小型交响乐的时间是 1926 年。村上写道，开篇的主题是为某次运动会谱写的开场鼓号曲。那时，人们刚从第一次世界大战的阴霾中走出来，哈布斯堡王朝的统治也已经分崩离析。在短暂的和平年代，人们在咖啡馆里谈笑风生，畅饮着比尔森啤酒。谁也不曾料到，过不了多久，希特勒就会从某个角落蹿出来，发动另一场毁灭一切的战争。

历史向人类昭示的最重要的命题，也许就是"当时，谁也不知道将来会发生什么"。青豆一面聆听音乐，一面想象拂过波希米亚平原的悠缓的风，反复想着历史应有的形态。

——村上春树，《1Q84》

火车不时停靠一些车站，一些人扛着行李包上来，那是些回家的人。站台上的大多数人则茫然地望着我们的火车，他们正怀着伟大的梦想，等待西去的离开家乡的火车。对于波希米亚来说，向东代表着贫穷、失败，而向西才代表着前途和未来。

吉卜赛人扛着行李从我们身边走过。他们看着我和英国人，像在打量外星球飞来的生物。车站的灯光疏疏落落，不甚明亮。播音器里大声播送着列车信息，空旷地回荡着，给人一种战前兵荒马乱的紧张。车站一角矗立着一座谷仓似的混凝土建筑，光秃秃的水泥地坑凹不平。刚下过雨，到处都汪着水。这是不是传说中的"波希米亚情调"？

我看着这些站台上的人，抱着孩子的女人，抽着烟的男人，他们仍然和他们的祖先一般，居无定所。他们被法国人称为"波希米亚人"，被俄罗斯人称为"茨冈人"，被英国人称为"吉卜赛人"。法国人认为他们是从波希米亚地区过来的人。在法国人的世界观里，巴黎以外的地方就是农村，波希米亚更是荒蛮之地。由于海上贸易繁盛，见多识广的英国人想当然地认为吉卜赛人来自埃及，所以埃及人的称呼与吉卜赛人也很接近。近代史上，因为大英帝国的强大，"吉卜赛人"这一称呼逐渐普及，得到了大多数国家的认可。

直到18世纪80年代，两位德国语言学家鲁迪格和格雷尔曼，以及英国学者雅各布·布赖恩，才通过对吉卜赛方言的研究，各自几乎同时期考证出欧洲吉卜赛人的来源。他们发现，吉卜赛语来自印度，其中很多词汇与印度的梵文极为相似，与印地语也十分接近。他们因此得出结论：吉卜赛人的发源地既不是埃及，也不是波希米亚、希腊，而是印度！

吉卜赛人确实与我所见的印度人有几分神似：随遇而安，喜欢游荡。在北印度时，我也的确看到了很多以玩蛇、吐火为业的吉卜赛人。吉卜赛人从印度游荡到欧洲，如同雅利安人从欧洲游荡到印度。

世界的历史就是一部游荡的历史。然而在没有火车、没有汽车、没有飞机的时代，他们是怎么跨越整个欧亚大陆的？

或许正因为没有这些交通工具，他们一旦完成了漫长的游荡之旅，也就丧失了重返故土的勇气，只好定居当地，于是印度人成了吉卜赛人，雅利安人成了印度人？

　　因为疲劳和酒精，英国人像只耗子一样两眼通红。他摇晃着走回车厢。此时车厢里一片黑暗，黑人女子、印度人（或者吉卜赛？）都已经销声匿迹，只有铺位上传来阵阵鼾声。

　　这鼾声让我感到饥饿。我拦住列车员，问他有没有餐车。

　　"什么都有！"他朝我递了个眼色，是那种暗示小费的眼色。

　　我兜里还有一些捷克克朗，我打算在它们变成纪念币前，把它们花掉。我问列车员煎蛋卷多少钱？

　　他伸出五根短粗的指头，"五欧。"

　　"可以用克朗付吗？"

　　"不行，这是国际列车。"

　　"你是波兰人吗？"

　　"是的，先生。"

　　——这解释了他为什么想要欧元而不是克朗。我告诉他来一份煎蛋卷。

　　"再来瓶伏特加？"

　　"不了，谢谢。"

　　他转身离去，消失在波希米亚平原深处，而火车正像一把利刃穿透黑色的大地。

任何平静的现在都有一段坎坷纷乱的过去。

——迈克尔·翁达杰，《遥望》

波希米亚平原地形起伏，三面被森林与山峦环抱，西北部的易北河河谷直通德国的心脏。自古以来，这里就是日耳曼人和斯拉夫人的竞技场。

15世纪早期，捷克民族领袖和宗教改革家扬·胡斯引爆了一场反对罗马天主教会的运动。就像一百年后德国的马丁·路德那样，扬·胡斯成为捷克民族的语言与文学之父，促进了捷克民族意识的觉醒。正如英国史学家艾伦·帕尔默所说，虽然捷克对西方文明有着很强的接受能力，但在文化上却始终向着与他们同属一族的斯拉夫东方寻求力量。

然而，波希米亚的战略地位，注定会将捷克人卷入一次次东西方的动乱中。因为波希米亚地区的主要城市布拉格，几乎就处在维也纳与柏林的正中，俾斯麦就曾坚定地宣称："谁是波希米亚的主人，谁就是欧洲的主人。"

——历史已经反复向捷克人证明了这位铁血宰相的话中之意。

最近的例证莫过于波希米亚的外缘地带（即苏台德地区）。这里的居民始终以德意志农民为主，但是二战以后，捷克当局将二百五十万德国人——包括曾对抗纳粹的反法西斯主义者——驱逐出境，并没收了他们的财产。许多人被扣留在集中营，数万人伤亡。虽然捷克与德国在1997年签署了互相谅解的声明，但很多苏台德地区的德国人，仍然在为失去的土地和房屋而努力寻求赔偿。

列车员端着一个盘子出现在我的面前，可盘子里的煎蛋卷已经凉透了，仿佛它是历经千山万水，才奋力跋涉到我面前的。我只好感激地掏出五欧元和五十分小费，塞进列车员油腻腻的手心里。

"Bon appétit!（祝您好胃口！）"他抛出一记法语，仿佛为了使我确信，这毫无疑问是一列国际火车。

2

在夜行火车上，我总会有一种幽灵的感觉，尤其是当我知道火车将在黎明时分经过奥斯维辛时，这种感觉就更强烈了。

"死者不会待在他们埋葬的地方。"约翰·伯格在《我们在此相遇》中说。他的启蒙导师肯生长于新西兰，也在那里死去，但在死后，他又出现在波兰的克拉科夫——我在清晨时分即将抵达的城市。

我穿越时空问老伯格："为什么是克拉科夫？"

伯格说："年轻人，这世上还有哪个国家比波兰更习惯与忧伤这种情感妥协共处呢？"

是肯让伯格最终认识到，需要以一种不无忧伤、不无幽默的方式对待人生的苦难，无论这种方式最终是妥协还是坚持——这是肯对伯格最初的启蒙。

第一次遇见他的时候，我十一岁，他四十岁。在接下来的六到七年里，他是我生命中最具影响力的人。和他在一起，我学会了跨越边界。法文中有一个词叫 passeur，通常译为"摆渡人"或"走私者"。不过这个词也隐含有"向导"的意思，山的向导。他就是我的 passeur。

——约翰·伯格，《我们在此相遇》

如今，我回想着我是如何穿越被雨水淋湿的平原，在清晨抵达克拉科夫中央火车站的。那天早上，天气晴朗，空气清新湿润。尽管在我的旅行经验里，对城市的印象普遍不好，但克拉科夫却让人感到相当宜居。虽然是波兰第二大城市，但相比于华沙，克拉科夫还保留着一个小城市的情怀。实际上，全波兰唯有这座城市，在经历二战炮火的劫难之后，仍然较好地保存了大多数建筑。

我住在一栋民宿里，用伯格的话说，这里有一种类似修道院的感觉。两扇开向市街的窗，仿佛有好几代人曾经在那里沉思冥想，向外凝望。

我在旅馆里吃早餐，早餐就放在客厅的一张胡桃木桌子上：面包、黄油、酸梅酱、奶酪、黄瓜和波兰切片香肠，咖啡壶里是现煮的黑咖啡。一个活泼的波兰姑娘在客厅里忙活着，给自己倒了一杯咖啡，然后摆弄起窗台上的黑色收音机，直到里面传出一个美国女人的声音。我想，她听的应该是"美国之音"。此刻，新闻正讲着奥巴马和罗姆尼的选战。

"你支持谁？"我问。

"你说什么？"她看着我。

"奥巴马和罗姆尼，你支持谁？"

"奥巴马，也许。"她笑着。

"为什么？"

"唔，因为他的移民法案吧，"她说，"有时候，我甚至觉得他是所有人的总统。"

"大概因为现在是美国的时代。"

"你从哪里来？日本还是中国？"

"中国。"

"中国人不喜欢美国吧？"

"有些人喜欢，有些人讨厌。"

"我们喜欢美国人，讨厌俄国人。"

"俄国统治这里几十年的结果，就是让所有人都更讨厌它。"

"没错，我们有一个关于俄国人的笑话。"

我静静等待着下文。

"在一架飞机上坐着很多不同国家的人，为了减轻重量，每个国家的人都需要扔下一些东西。波兰人就把俄国人拎起来，一边往外扔一边说：'这种东西我们在波兰有的是！'"

我笑起来。

我们又倒了点咖啡。波兰姑娘说，她在这里已经工作两年了，她喜欢每天有机会练习英语。她有个亲戚移民去了美国，如果将来有机会，她也愿意去美国发展。然后，她问我对波兰的印象。

我说，克拉科夫非常宁静，我希望有朝一日可以在这里生活。然后，我问她最公道的货币兑换点在哪儿。波兰姑娘从前台拿出一张地图，在上面画了两个圈递给我。

我漫步在中央广场，它是欧洲最大的中世纪城市广场。广场中心是 16 世纪文艺复兴时期的纺织会馆，如今已经沦落成了卖各种纪念品的小商品市场。我毫不怀疑，它们中的绝大部分来自中国。我往东北方向走，经过古老的圣玛利亚教堂。每到整点，从教堂的最高塔都会传来号声。据说，这在古代被当作一种警示。一旦号声不响了，就表明有号兵的喉咙被鞑靼人的利箭刺穿了。

我一边走一边想着波兰姑娘的话。在很多地方旅行时，当地人都会问我这个问题："你怎么看我们？"但在美国、德国、法国，人们从来不会这样提问。在他们看来，那些外来者才是应该被打量的、被评估的，而绝对不是他们自己。

这一点似乎在新兴国家身上表现得格外明显。就像土耳其作家帕慕克所说："在某种程度上，我们都在担心外国人怎么看待我们。我们的城市在西方人眼里是什么样子。"这种担心可以用萨义德的东方学理论加以诠释，但我只是为此感到难过，仿佛这些曾经备受欺凌的国家是一群一丝不挂的女人，她们既羞涩又迫切地承受着男性目光的凝视，期待着被选中。

克拉科夫不大，我几乎可以步行到达城市的任何一个角落。这家货币兑换点坐落在一栋老房子里，一进门，头顶的电扇正像大苍蝇一样嗡嗡转动着。墙皮已经绽开脱落，给人一种黑市交易的感觉。果然，它的汇率也比官方汇率要高得多。拿着钱走出来时，我不禁下意识地左右张望，仿佛身处铁幕时代，担心有便衣警察突然出现。

附近有一个街心公园，我从遍地开花的酒窖里买了啤酒，坐在公园的长椅上喝起来。天气炎热，但有微风吹拂，让人心旷神怡。公园里栖息着鸽子，喷泉"突突"地喷射着水柱，一些孩子在下面走来走去。旁边的长椅上，一个波兰醉汉正给另一个醉汉倒酒。两个人都穿着牛仔裤、POLO 衫、运动鞋，显然已经喝了不少。

此时临近午后，整个城市显得格外安静。那些老建筑，那些叮叮车，那些穿着朴素、沉默不语的行人，一切都仿佛是在一帧旧照片里。这种感觉不曾消退，甚至当我登上瓦维尔山，徜徉在城堡和大教堂间，望着这些波兰不朽的象征，我仍然感到一种旧日重现的恍惚。

克拉科夫一直沉浸在过去，沉浸在过去的辉煌与苦难里，因为这个国家的命运很少掌握在自己手里，所以每个克拉科夫人的脸上都带着一丝随遇而安的神色。

1945年以后，波兰人才基本上重新掌管了大约在公元1000年时曾经属于他们的土地。在这两个时间点之间，波兰的发展随着它的邻居们——德国人和俄国人的进退而发生变化。

三百年前，波兰的东部边境位于斯摩棱斯克以东，离莫斯科只有一百五十公里。今天，波兰东部领土最突出的部分，在其17世纪时的边境以西八百公里处，而与德国的边境却向欧洲腹地平均推进了二百五十公里。英国史学家艾伦·帕尔默感叹说："一个民族的家园如此移动，是近代史上独一无二的。"

3

当夜幕降临克拉科夫，我看到成群乌鸦压过城市的天际线。旧街道、老式有轨电车，"再见列宁"的酒店招牌闪闪烁烁。暮色中，波兰少女的长发闪着淡黄的光泽。和捷克一样，这里也遍布卖酒和喝酒的地方。如果你能变成一只大鸟，俯视这块土地，一定会发现这一片片小酒馆的灯火比银河还要灿烂。波兰人声称，伏特加是他们发明的。考虑到波兰历史悠久且一度幅员辽阔，我感到这件事的真实性远比孔子是韩国人大得多。

在犹太人聚居的卡齐米日区，广场四周是一圈餐馆和酒吧，此时都已点起蜡烛。那幽幽的烛光，仿佛这片土地上的亡灵。

我走进一家犹太餐馆，这里的实木家具和肖像画，让我感觉颇为正宗，再加上犹太唱片的低声吟唱，更让人恍若回到了1939年以前的日子。

我点了烤羊胫骨和甜沙拉。

"不来点酒吗？"犹太女郎问。

"好吧，来一杯伏特加。"

"按照犹太人的礼仪，应该饮用三杯：第一杯在饭前，向神祈福，然后回想《出埃及记》的故事；第二杯点一滴在盘子上；饭后还有第三杯酒，是为咏叹上帝，并继续求神赐福。你不打算试试吗？"犹太女郎的英文呱呱叫，相信这番话她逢客必说，因此分外熟练。

"要点三杯？"

"对，如果想体验一下犹太文化的话。"犹太女郎一副进退自如的神色。

在我犹豫的瞬间，那个一直潜伏在心中的"既然来了就尝试一下吧"的游客心态，趁机冒出头来。

它替我发话了："好吧。"

犹太女郎问："那么要哪种伏特加呢？"

于是，我点了两杯加杜松子调味的伏特加，又点了一杯加樱桃调味的做开胃酒。

在酒的国度里，我对伏特加一直谈不上喜欢，现在好了，这杯粉红色的液体已经上升到了文明和宗教的高度，不由得我不肃然起敬。我对着烛光小口地喝着——味道还可以，只是仍谈不上热爱。

在1953年出版的《被禁锢的头脑》里，切·米沃什曾说，一个知识分子成为异见主义者与其说是因为他的头脑，毋宁说是因为他们的胃。头脑可以被说服，但胃从不撒谎。

——原来如此，所言非虚。

甜沙拉上来了，里面有坚果、苹果、蜂蜜和肉桂，这略略振奋了我的心情。我就着餐前面包把沙拉一扫而光。

就在我喝第二杯伏特加时，犹太姑娘端上了烤羊胫骨。

"在犹太传统里，吃羊胫骨是为了纪念希伯来人离开埃及前夜所吃的羊肉。"犹太姑娘一本正经地说，而我已经分不清楚这是不是忽悠。

在摇曳的烛光下，我直面着这根硕大的羊胫骨，感受着上帝的慈爱。

4

第二天上午，我去参观辛德勒纪念馆。自从1993年史蒂文·斯皮尔伯格将辛德勒的故事搬上银幕，克拉科夫就开始筹集资金、整理资料，终于在辛德勒纺织厂的旧址建成了这座纪念馆。

在辛德勒的办公室里，我看到了那张长长的名单，从天花板一直垂落到地板。上面记录了所有被辛德勒拯救的犹太人。

那密密麻麻的名字都曾经是活生生的人。但我知道，死去的犹太人远比这个名单长得多。

我坐车前往奥斯维辛集中营。中巴车满满当当，沉重得与奥斯维辛的名字十分匹配。奥斯维辛是克拉科夫附近的一座小镇，有餐馆，有酒吧，甚至还有一个家乐福超市，但无论如何便利，决定在这里定居生活的人，大概都需要格外的勇气。

集中营里是一条条铁丝网和一栋栋标准化的牢笼，其中一些已经辟为展厅。对我来说，最令人不寒而栗的既不是毒气室，也不是绞刑架，而是那些与日常生活相关的物件：堆积如山的眼镜架和镜片，一屋子的剃须刀和剃须刷，堆满整个展厅的残缺不全的洋娃娃——当你凝视着这些物件，意识到它们的背后都曾经有一个活生生的主人，而这些人——同样堆积如山的人，再也没能走出集中营，一种巨大的恐惧就满溢心头。

清晨的黑色牛奶我们傍晚喝

我们在正午喝在早上喝我们在夜里喝

我们喝呀我们喝

我们在空中掘一个墓那里不拥挤

住在那屋里的男人他玩着蛇他书写

他写到当黄昏降临到德国你的金色头发

玛格丽特

他写着步出门外而群星照耀着他

他打着呼哨唤出他的狼狗

他打着呼哨唤出他的犹太人在地上让他们掘个坟墓

他命令我们开始表演跳舞

……

——保罗·策兰，《死亡赋格》

　　毫无疑问，历史总是由胜利者书写。如今，人们只把奥斯维辛当作德国纳粹犯罪的铁证，而苏联瓜分波兰时犯下的罪行，却从未得到清算。奥斯维辛成为犹太人受难的标志，而上百万波兰人、吉卜赛人的生命只成为历史上的一缕青烟。

　　一个俄国大叔正操着结结巴巴的英文问波兰女讲解员，他到哪里可以查到当年死者的档案。他的家人曾经被关进奥斯维辛，从此音讯全无。他尝试讲述这段故事，可是破碎的英语使他难堪，最后他终于颓唐地说起俄语。他当然知道，任何超过三十岁的波兰人都可以听懂俄语，因为这门语言曾经是波兰人必须掌握的语言。然而，他也知道，波兰人讨厌俄国人，厌恶俄语。当他怯生生地使用英语，而波兰讲解员丝毫没有首先讲起俄语的念头时，我感到一切战争、屠杀、罪行总会影响到之后的每一个人，无论哪一方，只是以各自不同的方式罢了。

　　关于奥斯维辛的文字已经很多，即便如西奥多·阿多诺所说，"奥斯维辛之后，写诗是野蛮的"，人们还是在不停地回溯并记录这段历史——同样以各自的方式。

参观完集中营，我独自坐在营房前的一块石阶上，读随身带来的书。我的对面就是纳粹的行刑场。那面灰色的墙壁，曾经出现在无数二战的电影里。如今，它在阳光下显得那样真实。

书里讲了一个小男孩在集中营的故事。

大约战争结束前的一年，德国人开始给集中营里的孩子分发一丁点脱脂牛奶。那个叫克里玛的男孩十三岁，牛奶由一个比他大两三岁的女孩分配。她总是给他至少四倍的量。这种状况一天天持续，男孩百思不得其解。他只能想象出一个理由：那女孩爱上他了。他心里充满了突如其来的、强烈的幸福感，集中营的恐怖一下子烟消云散。在他眼里，这个分发牛奶的女孩比任何女孩都美丽。但是，他从来没有勇气跟她说话，只是每天在可以瞥见她的地方遛来遛去。

那个夏末，纳粹清空了男孩所在的集中营，大多数囚犯，包括负责营里食物供应的姨妈，都被送到奥斯维辛，只有男孩和他心中的恋人没被送走。这之后，那份额外的牛奶没有了，男孩被突然带回到现实中，品尝着初次失恋的苦涩。

这篇自传小说的作者是伊凡·克里玛。他说，因为写得十分微妙，没有一个评论家，也没有一个跟他谈论过这故事的读者，解开牛奶额外分量之谜，就像多年来他自己也一直没有解开这个谜一样。

第三章

读艺术史的女孩，塔特拉山，猎人小屋

1

在克拉科夫逗留的数日里，我尽量享受着安稳生活能给予我的任何便利。我逛旧书店，散步，吃不同的馆子，在酒吧里聊天，沿着夜晚的维斯瓦河游荡，仰慕着对岸童话般的城堡。

夜晚的克拉科夫有一种不真实感，宛如一幅仿制品，是硬纸板剪出来的，涂上了一层亮闪闪的银色。比如，一场雨会不期而至，一辆马车会毫无预兆地出现在空无一人的街道，一只巨大的热气球会神奇地出现在半空，然后你会在街心花园遇到一个独自喝酒的姑娘，她邀请你和她一起喝上一杯。

于是，我就和这位英国姑娘坐在圣玛利亚大教堂下面喝上一杯。酒是赶在酒铺打烊前火速买来的。她是一位金发姑娘，读艺术史，素食主义者。我故意问她，在英国如果吃素食的话，

除了土豆还有什么？她认真地告诉我："还有很多。"

我问她来波兰做什么。

"我的朋友说，这边的酒超级便宜，"她说，"而且波兰人都能说英语。"

我们又谈了会儿艺术，这是个煞有介事的话题。她说她是达明安·赫斯特的崇拜者，而我恰好觉得赫斯特是众多艺术史投机者中的三流角色。

"听着，"她突然摊牌似的对我说，"有几个荷兰朋友要在他们的房车里开派对，你和我一起去如何？"

"什么样的派对？"

"有酒有'叶子'。"

"很想去，"我说，"但我明天一早就得走。"

"去哪里？"

"离开波兰，去斯洛伐克。"

"那边有什么？"

"不知道，甚至还不知道该怎么走。"

英国姑娘看了看表："我得走了，谢谢你的酒。"

"想喝的话可以拿走。"

"不用了，一会儿应该有的是。"

她拍拍自己瘦小的屁股走了，而我继续喝酒，看着月亮高挂在天上，想起波兰作家维托尔德·贡布罗维奇说的"挂在天上的超级屁股"。

一男一女两个巡警走了过来，腰上挂着警棍。

"这里不准喝酒。"男警察对我说。

"为什么？"

"街上不允许喝酒。"

我拿着酒瓶子突然站起来。两个警察警惕地往后一退，手握在警棍上。

"我把酒瓶子扔进垃圾箱里。"我说。

后来我从报上得知，那晚我算是逃过一劫。原来，波兰果然有这样的法律：除了酒吧和饭馆，其他公众场合禁止饮酒。一旦被警察发现，可能受到重罚。具体来说，惩戒的程度根据喝酒的多少而定。没有醉酒的话，可能会被口头警告或罚款一百五十兹罗提（约合人民币三百元），但如果是醉酒，那就要被送进警察局特设的醒酒中心进行治疗。在醒酒中心待一夜，需要缴纳二百五十兹罗提，这相当于波兰五星级酒店一晚的住宿费，还包含早餐。而在醒酒中心里，免费的大概只有黑咖啡了，为的是让醉酒者尽早清醒过来，面对现实。

开始，我感到难以理解，一个在酒杯里泡大的民族，怎么会有这样的法律？后来，我看到新闻报道，恰恰因为波兰人太爱喝酒，而且喝完酒之后脾气暴躁，才有了这项法律：这至少保证人们走在街上是安全的，不必担心随时会被突然蹿出来的酒鬼袭击。

第二天一早，我到汽车站买了一张前往扎科帕内的车票。

扎科帕内是波兰和斯洛伐克边境的最大城市，过去一直被外国占领，现在是波兰最著名的山地疗养中心，列宁同志曾在此居住。我的计划是在扎科帕内寻找跨越塔特拉山、前往斯洛伐克的车。

在列宁旅馆
你不是冬妮娅，我也不是阿廖沙
但昨夜，国际纵队狂欢如革命之夜
只有那中国同志醒来，为这晨光一哭

——廖伟棠，《列宁旅馆歌谣》

2

旅行是一段沿着大地的褶皱，进入全然迷离之境的旅程。其中最大的不确定性，不是抵达，而是如何抵达。在不坐飞机的前提下，如何去往另一个地方，这是旅行中最大的考验，也是最美妙的部分，尽管这种美妙往往是事后回想才能体会到的。

请想象自己提着行李，走在全然陌生的城市，寻找穿越边境的交通工具。你问了很多人，但每个人的回答都不尽相同，而你确定的只有眼前的青山、山顶的积雪、耳边陌生的语言，以及连英语都无济于事的场域。这听起来固然充满了浪漫主义气息，但浪漫主义往往需要一个潸然泪下的结局，而这一定不是你所期待的。

在经过无数次打探后，我终于找到了路边的一个小站牌，从上面的波兰语里，我侥幸认出了几个斯洛伐克地名，其中一个叫兹蒂尔的村庄就是我打算去的地方。

我看了看表，离下一班 15 点 15 分的车，还有三个多小时。这意味着我有足够的时间，在这座列宁待过的小城市晃荡一番。我沿着小镇的街道走，山非常美，山顶仿佛有神居住。早上天气很凉，但太阳出来以后，就让人感到一股暖洋洋的热意。我走进路边一家餐馆，去洗手间脱下衬衫，换上一件干净的短袖POLO 衫，然后点了一份烤鸡肉串和一杯啤酒。

一群俄国游客也走进来，从他们手中的小旗上，能看出这个旅行团来自莫斯科。点完菜后，其中一个人突然指着我的盘子问服务员这是什么。然后，他们每个人也加了一份烤鸡肉串。莫斯科来的同志们把这一餐吃得杯盘狼藉，不亦乐乎，酒杯碰得铛铛响。服务员问他们，觉得波兰菜怎么样？

"Cheap！ Cheap！"

走出餐馆时，我不由感慨东欧乃至中欧国家的当代史，就是一部学习如何忍受俄国的历史。

我在柏林遇到过一个格鲁吉亚人。他说几年前的冬天，因为格鲁吉亚政府拖欠了俄罗斯一部分天然气款，又频频向美国暗送秋波，俄国人愤怒地切断了对格鲁吉亚的天然气供应。这之后，首都第比利斯的室内温度降到了冰点以下，政府不得不把一车车木柴运往市区，任由市民们拿走烧火取暖。

"俄国人，非常坏。"格鲁吉亚人说，让我想到苏联历史上最有权势的人斯大林也是他的同乡，不过一切都时过境迁了。

我在等车处买了一个华夫饼，一旁的果酱桶里爬满了蜜蜂，但无论老板还是顾客似乎都毫不在意。过了 15 点 15 分，巴士仍然没来。按照站牌上的说法，下一班车是 16 点 15 分，但我已经开始怀疑这趟巴士线路究竟存在与否了。

在这个漫长的午后，和我一起等车的只有一个瘦高的光头男人，穿着短裤、船袜、球鞋，困兽一样地在我眼前晃来晃去。

"你不会也去兹蒂尔吧？"我问。

"我去兹蒂尔。"

为了免得头晕，我说服他在我旁边的椅子上坐下来说话。他说他叫阿尔蒙（Armen），美国加利福尼亚人，定居华沙。我让他重复了两遍才搞清楚，他的名字和祈祷时说的"阿门"（Amen）没什么关系。他之所以叫这个名字，是因为父母都是苏联人。冷战时期，他们从苏联逃到美国，阿尔蒙和他的妹妹都是在洛杉矶出生的。

"他们是怎么从铁幕下逃出来的？"

"很长很长的故事。"

总之，阿尔蒙的父亲逃到了美国。他曾经是苏联的电影导演，但被政府剥夺了拍片的权利。到好莱坞以后，他做过一段时间演员，只能演冷战电影里的苏联间谍。除此之外，他也开过店铺，做过很多小生意，但生活始终都很艰辛。

阿尔蒙很小的时候，父亲就在忧虑中去世了，阿尔蒙和妹妹靠母亲的微薄收入长大。所幸的是，他们在美国接受了教育，所以无论如何，总能到国外去教授英语，混口饭吃。

阿尔蒙否认是出于这个原因来波兰的。他说，十八岁那年，他交的第一个女朋友是波兰女孩，她教了他很多波兰语，顺便点燃了他心中深藏已久的斯拉夫情结。尽管后来分手了，阿尔蒙还是来到华沙谋求发展。

"华沙是一个国际化大都市，和洛杉矶一样，非常现代。"阿尔蒙说。

他在波兰生活了二十年，娶了一位波兰太太。五年前，他开办了一个英语教学网站。"开始很难，入不敷出。"他说。但是凭借英语在波兰的重要性与日俱增，网站流量终于越来越高，一些广告商开始把广告投放在上面。而且，凡是下载英语学习资料的用户，也需要支付一笔费用。阿尔蒙雇了人，有了更多的闲暇时间。几天前，他听朋友说斯洛伐克境内的塔特拉山很好，于是决定独自去那里徒步几日。

虽说懂波兰语，可是阿尔蒙也不确定这趟去斯洛伐克的乡村巴士是否还在。没错，有站牌戳在那里，可在波兰这并不能太当回事。它最多只是表明历史上曾有过一条巴士线路经过这里，但是没人对它现在的命运负责。

阿尔蒙操着波兰语问了几个路人，得到了几个截然相反的答案。正当我们犹豫不决之时，一辆乡村巴士像高中舞会迟到的校花一样，姗姗来到。

"到不到兹蒂尔？"我大声问留着八字胡的司机。

"到！You on the bus！"

就这样，在一个波兰的傍晚，我花了十六兹罗提，坐在吱吱作响的座椅上，向着斯洛伐克，向着未知之地，飞驰而去！

一路上，奇峰异石随处可见，绿色的山谷在面前铺展。透过窗玻璃，我看到一些波兰农民面无表情地扛着农具，行走在山间，山腰上不时可以看到一些崭新漂亮的房子——那是富人们的度假别墅。天空突然阴沉下来，雨点伴随着山风，吹打在布满尘土的窗玻璃上，流下一条条土色的泪痕。山石在雨水中变成了水墨画一样的黛青色。

车已经跨过了波兰边境，如果一切顺利，我可以在斯洛伐克的山村里享用晚餐。

对我来说，这似乎就是旅行的最好演绎：在黄昏时分，独自到达异国他乡的陌生之境——不是一本正经的首都，不是活色生香的都市，而是离我所熟知的世界几百公里之遥的山村。在那里，日子简单绵长，人们淳朴好客，因为从未见过中国人，因此格外热情，如同欢迎远道而来的大唐高僧。

巴士穿行在塔特拉山里，窗外到处是山毛榉和冷杉，不时可以看见画着鹿的标志牌。我问车上的一个斯洛伐克人，附近是不是有很多鹿。

"到处都是，"他说，"夜幕降临以后，这里经常有鹿群经过。"

3

等我们到达兹蒂尔时，暮色已经开始降临，我和阿尔蒙被丢在空无一人的山路上。这时我才意识到，兹蒂尔的确只是山间相对平坦的山坡上的一个村庄而已。它看上去孤独寂静，放眼四望，只有森林和群山，看不到任何人迹。

这里没有什么旅馆，但是一些村民在门外挂出牌子，欢迎投宿。阿尔蒙在山脚下找到一家，但这家只有一间空房，接待能力有限。我对阿尔蒙说，没关系，我可以往山上走一点。我希望找到一家在高处的房子，这样透过窗户，就可以俯瞰整座村庄了。

我沿着山路跋涉，经过一栋栋漂亮的房子。村子的古朴、静谧容易给人一种荒凉感，可实际上这里并不贫穷，一些村民的庭院里甚至还停着德国和美国牌子的汽车。我经过村中的教堂，那里刚举行过一场弥撒。一位神父从教堂里出来，经过我身旁，对我说"感谢主"。我回答说"阿门"，并且想到我的朋友阿尔蒙。教堂后面是一片墓地，竖着无数十字架，世世代代，村里的人们在这里生老病死，繁衍不息。沿着墓地向上走，我看到半山腰处有一栋房子，那是整个村子的最高点，如果住在那里，视野一定不错。

于是我走到那里投宿。女主人刚刚翻新了房子，一切看上去都干净明亮。我一个人拥有了一间舒适的小屋，站在阳台上，可俯视教堂和墓地，抬头则是高大沉默的塔特拉山。我感到非常幸运，因为这一切只要十五欧，而且女主人还打着手势告诉我，她新安装了免费的无线网络。我想，即便在这里定居，我所需要的一切也都已经具备了。

这时我才感到饥饿，不过我决定先去找阿尔蒙喝上一杯。我下山，敲门，像俄国妈妈一样的女主人告诉我，那个光头的波兰人已经出去了。我只好走回教堂墓地，因为我之前看到在几棵大树的掩映下，这里有一个猎人木屋，挂着酒馆的招牌。这是你能喝上一杯的地方。

我踏着满地的落叶，呼吸着山里清新的空气，一只拉布拉多犬飞快地向我跑来，围在我的腿边转来转去。它是那种可爱的小狗，对任何人都毫无戒心。我从兜里摸出一枚波兰兹罗提，向远处扔去，它飞跑过去，在地上左寻右嗅的。因为找不到，焦急地叫唤起来。

"别吵，史努比！"一个年轻姑娘从挂在木屋外的吊床上喊道。

我跟她打了个招呼，她正看一本陀思妥耶夫斯基的小说，看厚度不是《罪与罚》就是《卡拉马佐夫兄弟》。

"你好，陌生人，"她冲我一笑，"大家都在里头。"

屋里，五六个外国人正围在一张原木桌旁聊天，室内明亮温馨，气氛热烈，墙上挂着抽象主义的油画和照片，照片上是一块黝黑的麋鹿头盖骨。

"我看你是中国人，对吗？"一个姑娘问，"旅途愉快吗？"

"非常愉快。"

"从中国跑到这儿来？那可是够远的。"姑娘旁边一个胖乎乎颇像大猩猩饲养员的美国小伙子说。

"你也够远的，不是吗？"姑娘转过头说，然后又看着我，"我从澳大利亚来，他从美国来，我们是在路上认识的……"

"波罗斯岛，希腊。我的钱包在那儿被人偷了。"

"于是爱情故事上演，美国小伙儿傍上了澳洲大妞，跟着她一路到这里，说这是罗曼蒂克。"一位从斯图加特来的德国小伙子挤眉弄眼。他比像大猩猩饲养员的美国小伙子还胖，戴着一副古老的圆边眼镜。

美国小伙子反唇相讥："对于罗曼蒂克，我看德国人可没什么发言权。"

大家哄堂而笑，德国小伙子红着脸。

"嘿，你有过女朋友吗？"美国小伙子不依不饶。

"当然有过，我看上去有这么差劲吗？"

"什么时候有的？"

"大学。"

"对方也认可吗？"

大家又嘻嘻哈哈地笑起来。

我觉得气氛不错，于是拿了瓶本地啤酒，在中间找了个凳子坐下。我旁边是一个美国姑娘，大概二十八岁，浅栗色头发，一副古灵精怪的样子。我问她是做什么的。

"我是作家。"她一本正经地说，看上去一点都不像开玩笑。

"写什么？"

"刚写完一部长篇小说。"

"在哪里能看到吗？"

"目前还在找出版社，"她眯着眼睛，"你呢？你是做什么的？"

"我平时也乱写乱画。"

她咯咯地乐起来。

"我还做点翻译，"我说，"我刚翻译了一本约翰·厄普代克的短篇小说集。"

"真的？"她看上去颇为震惊。

我告诉她，我确实翻译了。

她摇着身边伙伴的胳膊："嘿，你猜我遇见了谁？我遇见了一个中国作家，他刚翻译了厄普代克的小说。"

她身边的小伙子是加拿大人，有一头卷曲的短发，胡子刮得干干净净。刚才他一直趴在硬皮本上，修改一幅素描。

"哦？你翻译了厄普代克！"他抬起头说。他长得很像年轻时代的艾伦·金斯堡，有一双疯狂的眼睛。他说自己是画家，从巴尔干半岛一路北上，常被路上的风景、人类的劳作感动得热泪盈眶。每当这时，他都画一幅素描，记录下自己的心情。

"一个多愁善感的家伙。"像猩猩饲养员的美国小伙子评论道。

澳大利亚姑娘突然说："我真的很羡慕你们这些作家、画家什么的，我也遇到过很多打动我的场景，但我不知道如何表达。"

"比如什么场景？"画家问。

"比如，今年春天我在尼泊尔的加德满都。一天清晨，我走在雾中的杜巴广场上，寺庙啊什么的看上去都模模糊糊的。我听到修行者诵经的声音，却看不到他们。这时我抬头，隐约看到天上有几只鹰在翱翔。那一瞬间，我感到自己被打动了。"

"你知道吗，你已经表达出来了。"美国女作家说，"而且表达得很不错呢。"

"但我不会像你们一样，把这种感觉写出来或者画出来。"

"重要的是感受而不是表达。"我说，"能用心感受到，旅行的目的就达到了。"

"他说得没错，"画家说，"我同意中国同志的观点。"

美国小伙子打了个哈欠，澳大利亚姑娘则颇受鼓舞。她告诉我，五年前第一次出国旅行就去的中国——北京、上海、西安、成都。她说她对中国的印象很好，人们很热情，尤其对中国食物印象深刻。

"和我们平时吃到的中国菜不一样吧？"画家问。

"完全不同，我最喜欢的是火锅，你们一定不相信，他们把一条鱼放进满是热油和辣椒的锅里。"

"天呐，不可思议！"

"是啊！"

我想，澳大利亚姑娘说的应该是水煮鱼，可要把水煮鱼和火锅跟他们掰扯清楚，难度实在不小，于是只好任由他们保持错误印象。

澳大利亚姑娘有一个小巧俊俏的鼻子，脸上长着淡淡的雀斑。她感叹自己五年前还是个年轻姑娘，如今和她同龄的姑娘们大都结婚生子。她说今天又在脸书上看到一位大学好友举行婚礼的消息。她很惆怅，不知道是否应该提前结束旅行，回去参加婚礼。

像大猩猩饲养员的美国小伙子侧头倾听着下文。如果澳大利亚姑娘走了，他的前景将颇为堪忧。

幸好画家把笔一掷。"我告诉你我的经验，"他一副洒脱的表情，"你只需给那条状态点个赞，就万事大吉了。"

这时，一直在吊床上看书的姑娘探进头来："你们不去吃饭吗？"

于是，一行人动身前往村里的一家餐馆。里面坐满了当地人，老板娘穿着传统斯洛伐克女性的大裙子，忙里忙外。屋里摆着长凳，放着几排桌子。我们把两张桌子拼到一起，才勉强够坐。我和澳大利亚姑娘点了特色烤鹿排，其他人点了浇有山羊奶酪和烟熏肥肉的饺子。

"你不来点肉吗？"澳大利亚姑娘问美国小伙子。

"我倒是可以尝尝你的鹿排。"他挠了挠头皮。

鹿排火候稍大，味道有点像马肉，但我还是坚决地把它吃完了，而他们都认为饭菜美味至极，由此可见东西方在味觉上的差别有多大。

我和美国青年女作家聊着文学，她说了几个她喜欢的当代美国小说家，可惜我都没听说过。在她的暗示下，我留下了我的电子邮箱，让她发几篇小说给我看看。这段时间里，美国小伙子不仅吃完了自己的饺子，还吃完了半块鹿排。

饭后，我爬山回到住处。对我来说，这一天显得相当漫长。早上我还在波兰的克拉科夫，此刻却在斯洛伐克群山的包围下。

窗外天色已晚，万籁俱寂。走到阳台上，但见星光如沸，群山仿佛巨人的黑影降临。我这时才发现，山在白天是一种壮美，到了夜晚却令人心悸。那种庞大而未知的存在，不分昼夜地永恒矗立，让我感到自己的渺小和脆弱。如果山愿意，它可以轻而易举地摧毁我，而我此刻还活着，不过依赖于它的垂怜。我上网，看到微博上有个长久未曾谋面的姑娘问我在哪里。

"在斯洛伐克的群山里，此刻星光满天。"我回复道。继而可耻地向自恋倾向缴械投降，又矫情地发了一条微博：

"穿越波兰边境，进入塔特拉山，此地到处是山毛榉和冷杉。一个斯洛伐克人说,夜幕降临后,会有鹿群经过。我在想,可以把这句话作为新小说的开头……"

4

第二天早晨,窗外下起了蒙蒙细雨。雨以一种不声不响的姿态下着,像旧电影胶片上一条条流窜着的白色直线,山上雾气蒙蒙。

我打开笔记本电脑,看美国女作家发来的小说。她叫伊登·罗宾斯,住在芝加哥。写作、旅行、学习外语,得过两次疟疾,卖过女性自慰器。看完小说,我就冒雨到猎人小屋找她。昨晚躺在吊床上看书的姑娘告诉我,他们都出去爬山了。

我走到村口的一家餐馆,喝咖啡,吃午餐。我点了土豆煎饼配炖牛肉,煎饼上有热乎乎的奶酪,用叉子挑起时会拉出长长的丝。我又点了蔬菜面条汤,为的是看看斯洛伐克的面条。结果上来的面条就像方便面的碎屑泡开以后的形态,口感也相似,不过汤很好喝。

吃完饭,雨已经停了,气温则骤降,空气仿佛一块湿布,能拧出水来。我穿上夹克,把领子竖起来,才感到暖和一些。

我在村里随意走着,看到一个斯洛伐克老人拄着拐杖,在自家门前的草坪上散步,她的狗冲我狂吠,老人呵斥它安静。我走过去和老人搭话,但她听不懂英语,只是目不转睛又好奇地望着我，脸上布满皱纹。我想她可能一辈子都没有离开过这个山村，就像很多中国山村里的老人一样。

我朝山上走，经过我的住处，然后顺着坡路继续往上爬。眼前是一块绵延起伏的高山草甸，远方有几只牛在静静吃草，旁边是一辆拖拉机，而草甸尽头又是无穷无尽的山峰。和捷克相比，斯洛伐克似乎一直这样与世无争。

实际上，这两个民族界限分明。尽管从1526年开始，他们就共同处于奥地利的哈布斯堡家族的统治之下。不过，捷克人处于辉煌的波希米亚王国的中心，而斯洛伐克人只不过是王国周边的农民。"长久以来，捷克就是神圣罗马帝国的一部分，"法国地理学家让·瑟利耶说，"而斯洛伐克却从来不是。"

我的双脚被草上的雨水浸得湿漉漉的，可这无所谓。我在心中暗自筹划着之后的行程：我得乘车去离这里最近的城市波普拉德，再从那里搭乘开往首都布拉迪斯拉发的火车——这将是一趟从东到西横穿整个斯洛伐克的旅程。我想到了阿尔蒙，他和我一样在这里待两天，或许我们可以一起离开。于是我走到阿尔蒙的住处，给他留了张字条，上面有我的电话号码。

我回到住所看书，此刻天空又变得阴沉沉的。直到夜幕开始降临，我才走回猎人小屋。只有那个像大猩猩饲养员的美国小伙子坐在那儿，穿着短裤和T恤，像得了热病一样瑟瑟发抖。我问他怎么不多穿点衣服，他说他根本就没带长袖。

"我他妈的不知道欧洲的夏天也会这么冷！"

我又问其他人在哪里。他说，他们去村里的一家餐馆吃饭了。

"你没和他们一起去？"

"我发烧了。"说完这句话，他的表情顿时显得萎靡、虚弱。他告诉我，他白天一直躺在床上，没有饭吃，没有水喝，也没有出门，"他们都去爬山了"。

"你现在饿了吗？"我问。

他点点头。

"那我们去餐馆找他们怎么样？"

"好。"

"你知道他们去了哪家餐馆吧？"

他摇头，一副听天由命的表情："村里就那么四五家餐馆，我们可以挨个儿去看看。"

路上，他问我是怎么知道这个村子的。我说我的旅行指南上有半页介绍。他说他的旅行指南是老版，丁点儿没有提到这里。

"哪一版？"

"1999 年版。"

"那你为什么还要带它？"

"我想地图至少没变吧。"

"好吧，"我说，"斯洛伐克是 1993 年独立的，之后地图就没变过了。"

我们先去了昨晚的餐馆，没人在。我们继续走，下起了雨，空气又湿又冷，我能听到美国小伙子牙齿打战的声音。我拐进一家比萨饼屋，建议就在这里吃饭。

"我要去找他们。"

"下雨了，我们没带伞，又这么冷。"

他摇摇头，像处于一种迷幻状态。

"我知道你钱包丢了，我可以请你吃饭，没问题。"

"不，我还是应该去找他们，"他沉思着，"他们说不定就在下一个餐馆。"

我试图阻止他，但无济于事。他还是冒雨走了。雨越下越大，我看见他抱着双肩小跑着，像一只孤独落难的小狗。

我点了一张大号比萨饼，喝了两杯啤酒，给了好看的斯洛伐克女招待两欧元小费。等我回到猎人小屋，大家都围在桌旁，只有美国小伙子不在其中。

"嗨！刚才雨下得真大！"他们跟我打招呼。

"你看到你男朋友了吗？"我问澳大利亚姑娘。

"他在洗热水澡——可怜的，刚才一直被雨困在树下了！"

5

如果时间允许，我很想在兹蒂尔多住几天，爬山，打猎。但是我不属于这里，而且再美好的地方，也终须一别。

离开兹蒂尔那天，仍然下着毛毛细雨，蒙蒙的雾气让一切都显得那么苍凉。我和阿尔蒙坐在前往波普拉德的汽车上，它爬过岩石嶙峋的山冈，经过野草丛生的森林，一路上也见不到个人影儿。等我们好不容易进入平原地区，把山甩在身后，路边才开始出现一些苍白的旧房子。汽车穿行在大片的庄稼地里，风摆动着庄稼，上面落满了乌鸦，仿佛一幅梵高的油画。一些农民站在路边，但是看不到他们的表情。

汽车顺着一条弯道，驶进一个小镇，可以看到一些吉卜赛人，穿着灰扑扑的衣服，戴着鸭舌帽，旁边是同样灰扑扑的房子，仿佛时间凝固了，表针一直停留在过去的某一时刻上。

阿尔蒙说，他热爱这种荒凉的感觉，这更容易让他感觉到自己还活着。我告诉他，这地方让我想起新疆和吉尔吉斯斯坦接壤的边境地区。

"你去过那里吗？"

"去过，有件很有意思的事。"

那是很多年前的夏天，我一个人去新疆旅行。我们的汽车在路上抛锚了，当时天色已晚，我们不得不困守在车上，等待天明以后有人来救援。清晨时分，我终于拦住了一辆过路车，汉族司机跳下来说的第一句话是："中国申奥成功了。"我愣在那儿，感到特别穿越，但还是很快反应过来，冲回车里告诉一车的维吾尔族人："中国申奥成功了！"

"他们怎么说？"

"他们只是呆呆地望着我，不明白我在说什么。"

阿尔蒙笑起来："就像在这里，就像这些吉卜赛人。无论这里属于捷克，属于斯洛伐克，还是属于匈牙利，对他们来说，都是无所谓的事。"

多拿些酒来，因为生命只是乌有。

——费尔南多·佩索阿，《有些疾病》

但是历史早已写就：1989 年，"天鹅绒革命"导致捷共下台。1992 年夏天，斯洛伐克议会宣布独立。此后，斯洛伐克一度拒绝经济和社会改革，政权的更迭继而导致政策的断裂。捷克和斯洛伐克终于朝着不同的方向各自发展。捷克坚定地向西方靠拢，而斯洛伐克则试图扮演东西方交流的桥梁。

到达波普拉德时，已近正午。这里就像中国西部的一座县级城市。我和阿尔蒙喝了杯咖啡，在火车站分手告别。他将转车去往另一个村庄，而我将前往布拉迪斯拉发。

"我们肯定会再联系的。"

"一定会的。"

但我们彼此都知道，我们的人生很难再发生交集。旅行中的相遇，就如同空中交汇的流星，短暂的火花过后，依然是两块丑陋的陨石。我们期待旅途中的相遇，但相遇也注定了分离。

坐在火车上，我看到远处的雪山闪闪发光。雪山和火车之间是辽阔的斯洛伐克平原。我凝视着窗外，感到某种情感的重负，而我身边的斯洛伐克大妈兀自埋首于报纸上的填字游戏。

我看到很多斯洛伐克的年轻人背着行囊和睡袋，立在站台上。他们不慌不忙，悠闲自得。他们热爱这片土地，热爱在这片土地上游荡。我在一本书上看到，游荡（Ist'na prechadsku）是斯洛伐克全民性的娱乐活动。在周末，在郊外，你会看到无数游荡的斯洛伐克人。

如今，在火车上，在我身边，同样站满了背着睡袋的人。我第一次感到，我并不是一个孤独的旅行者，而是浩荡的游荡大军中的一员。

我将追随他们，也很高兴能够追随他们，和他们一起到达布拉迪斯拉发——一座幽灵之城，然后喝上一杯冰镇的斯洛伐克啤酒。

是的，这样很美好。即便只是这样想想，不也很美好吗？

第四章

卫星城，沃利肖像，昨日的世界

1

布拉迪斯拉发是一座性格分裂的城市：多瑙河的一侧是颇具魅力的古城，另一侧则是共产党执政时期留下的混凝土城市。在原苏联的卫星城旅行时，我常感到走在一个要么发育不良，要么发育过剩的花园里。

走在布拉迪斯拉发的街上，我没有太多游客的感觉，因为身边几乎都是本地人，而且某种难以名状的气氛让我回想起90年代的北京——那种清净和空旷，那种被世界遗忘的自暴自弃，那种自暴自弃带来的快活情绪。这里距离维也纳只有六十公里，大部分外国人把这里当作前往维也纳的中转站。我也一样。我买了一张当晚的火车票，发现还有足够的时间四处转转，甚至吃一顿晚餐。

我喜欢这样的游荡。因为放弃了发掘城市秘密的野心，反而获得了一种轻松自在的心理状态：无须再去看着地图，寻找那些著名景点；也无须为了找到当地人的秘密据点而犯愁；更不用因为自己对这座城市的无知而羞愧。一般来说，为了避免无知，我会提前阅读大量关于这一地区历史方面的书籍。在某些时候，简直享受不到任何阅读的乐趣。因为那些书大都翻译得让人不堪卒读。在布拉迪斯拉发，我可以把书抛在脑后了。因为放弃而获得自由，因为退后而海阔天空——看来这不仅是人生的真谛，也同样适用于旅行。

"生意如何？"我问路边书店的老板。

"没人买书。"

如他所说，书店里除了我俩，别无他人。

我翻拣着他卖的书，都是斯洛伐克语的，但是其中一个书架上有一些流行的英文小说。我看到了斯蒂芬·金的《11/22/63》，封面是肯尼迪和杰奎琳坐在一辆敞篷汽车上。

"多少钱？"

"十二欧。"

我把钱递给他，他在一个小本子上记下书名。"这是本讲美国总统的书？"他问。

"是讲一个补习学校的英文老师，穿越回 1963 年 11 月 22 日拯救肯尼迪的书。"

他微笑着点点头，仿佛是对这个决定表示赞赏。

走出书店，我拐进街角的一家酒吧，要了一杯啤酒。我坐在户外，一边呷着冰凉的啤酒，一边读《11/22/63》。斯蒂芬·金的小说和布拉迪斯拉发的氛围极为相配。一群英国年轻人拎着酒瓶子喧嚣而过。不知从什么时候开始，英国人沦为了世界上最粗鲁的民族。他们大声开着猥亵的玩笑，却毫不在意，或者说根本不在乎。这里没人管他们，每个人都在忙着往西跑：奥地利、德国、法国、英国。如果说游客把这里当成中转站，本地人则把这里当成始发站。一路向西，才有希望，留在这里又能干什么呢？我点了一份鸡肉帕尼尼，算是把晚餐也解决了。

　　面前是一条步行街，一个菲律宾草台班子正在因陋就简地准备演出。一个类似乡村大世界的舞台上，插着两个矮墩墩的音箱。领队是一个五十来岁的男子，穿着热带风格的短袖花衬衫，身后坐着一排手持民族乐器的菲律宾乐手，混搭组合，有老人，有少女。他们怎么会来到这里？

　　领队对着麦克风，开始冗长的英语开场白——菲斯友谊、菲律宾音乐的博大精深。演出还没开始，人已经走了一半。等到乐手们终于开始吹拉弹唱，剩下的一半也开始陆续离开。但是仍有几个人不舍得舞台附近的长椅，他们坐在那里，看不出是在欣赏音乐，还是在沉思往事。

　　"很好的音乐。"一个斯洛伐克男子俯身凑过来。

　　"嗯。"我以为碰到了一个音乐爱好者。

　　"你从哪儿来？"

"中国。"

"哦！"他说，"伟大的国家！"

"你去过吗？"

"没有，我很想去。离菲律宾很近对吗？"

"很近。"

"要不要斯洛伐克姑娘？"

"什么？"

"斯洛伐克姑娘。"他微笑着递过来一张名片，是一个脱衣舞酒吧，"这是我们的酒吧，桌上艳舞，膝上艳舞，什么都有。"

我想起一部名为《人皮客栈》的电影。两个美国青年来到斯洛伐克猎艳。一夜销魂之后，才发现恐怖事件渐渐拉开帷幕。

"我马上要走了，"我看看表，"去维也纳。"

"维也纳没什么可看的。"

"那这里有什么可看的？"

"城堡，"他顿了一下，"你去了吗？"

"没有。"

"我可以安排你去，我的朋友是导游。"

"算了，十分感谢，"我一边站起来，一边挥了挥他给我的名片，"下次去你的酒吧。"

他用那种放走了一块肥肉的悲伤目光看着我："没有下次了，你不会再来这里了！"

我听到了这句话，但没有回头。我不想看到他脸上失落的神色。"没有下次了"仿佛沙漠中的一声鞭响。我边走边问自己：我还会再来这里吗？从北京直飞布拉迪斯拉发？就算有机会再来维也纳，我还会为布拉迪斯拉发买上一张火车票吗？

也许，就像在这里出现菲律宾乐队的可能性一样小。一时间，我感到一种今生无缘的生离死别感。这种感觉导致我坐上去维也纳的火车时，几乎不忍把目光从窗外移开：那些笨拙阴沉的建筑，那些美艳的斯洛伐克女郎，那些酒吧闪烁的霓虹灯，似乎在抓紧时间和我做着最后的告别。

但是布拉迪斯拉发实在不大，没出几分钟，火车就将一切远远抛在了身后。

2

到达维也纳时，已是深夜。

午夜时分进入一座陌生城市，就像在玩一场捉迷藏游戏。因为入夜的城市与白天截然不同，街上的行人也好，城市的气氛也罢，都与白天相异。有时，我甚至觉得一座城市的地图在午夜都会悄然变异：小巷折叠，大路转弯，一些建筑凸现出来，一些建筑则暗自隐去。

我坐在出租车上，收音机里流淌出施特劳斯的华尔兹舞曲。午夜的维也纳下着雨，车窗上罩着一层水汽。街上的路灯、霓虹灯、汽车的尾灯从水汽中隐隐透过来，一片五光十色的迷离。

司机说，他确定我住的酒店就在这条街上，可掉了一个头，却依然不见踪迹。他给酒店大堂打了电话，这才发现我们就停在离酒店大门不到三十米的地方。

"实在抱歉，先生，刚才真的没看见。"

我告诉他没关系，这种事时有发生。

——是维也纳开的小玩笑，对此我早已心知肚明。

我并非第一次来奥地利。此前，我曾经去过奥地利西部阿尔卑斯山脚下的因斯布鲁克。那里冬季是奥地利的滑雪胜地，夏天则是欧洲人逃避平原酷热的避暑之选。我还记得我在那座中世纪老城里慵懒地漫步，和所有人一样参观了由两千六百五十七块镀金铜瓦组成的黄金屋顶，参观了供哈布斯堡皇室避暑之用的霍夫堡宫。记忆犹新的则是在宫廷教堂里。那二十八座王室的青铜雕像已经被游客的手触摸得精光锃亮，甚至连袍子的褶皱也熠熠生辉。

哈布斯堡王朝是多么受游客爱戴！毕竟，这个家族曾经统治过整个中欧，甚至将疆域扩展至西班牙、南美洲。

但是，直到身处维也纳，身处皇宫前的英雄广场，看着皇宫的穹顶与蔚蓝的天空融为一体，我才意识到因斯布鲁克的霍夫堡宫之于维也纳的霍夫堡皇宫，就如同承德避暑山庄之于紫禁城。

霍夫堡皇宫始建于 1275 年，比紫禁城还要早一百多年。此后，几乎每一代皇帝都对皇宫进行了改建或扩建。因此，霍夫堡皇宫堪称欧洲各种建筑风格的集大成之作，汇集了哥特、文艺复兴、巴洛克、洛可可以及新古典主义风格。如今，皇宫成为一座由十八个侧翼、十九个庭院和两千六百个房间构成的巨大迷宫。

对欧洲人来说，霍夫堡皇宫见证了欧洲建筑史的发展，而对我这样的东方人来说，霍夫堡皇宫简直是一种"视觉轰炸"。那无穷无尽的细节，繁复异常的渲染，无所不至的雕饰，形成一种华丽的压迫。它像个热情的女主人，要把家里上千年来的好东西，毫无保留地展示给你，也不管你能不能一次接受。在霍夫堡皇宫，我常感到脑仁轰轰作响，仿佛坐在一列片刻不停的蒸汽火车上。

尽管游人如织，但和故宫比起来，只能算是小巫见大巫，因此徜徉在皇宫里，还有闲情感叹如此庞大的王朝和家族如何由盛而衰，直至不复存在。哈布斯堡王朝有一句祖训："让其他人发动战争吧，但是你，快乐的奥地利人，去结婚！"据说，此话道尽了哈布斯堡王朝的盛衰之谜。

一方面，这个起源于瑞士的家族与欧洲其他皇室联姻，结成联盟，进而继承领土。通过这一招，哈布斯堡王朝的身影遍布欧洲大陆，玛利亚·特蕾莎女王更被人们称作"欧洲的老祖母"。但是另一方面，为了保持王族血统的纯正，他们鼓励近亲婚姻。堂兄妹之间、叔侄女之间的结合颇为普遍。科学家研究了这个家族十六代三千多人的族谱，得出结论：正是近亲繁殖，最终导致了哈布斯堡家族的衰亡。只可惜在那个时代，人们对遗传学还知之甚少。

在茜茜公主博物馆门前，人们排起了长队。末代王朝的皇后总是能引起人们格外的兴趣，但似乎很少有人知道伊丽莎白（即茜茜公主）和丈夫约瑟夫是表兄妹，她本人来自一个拥有长期精神病和遗传病历史的家族。

伊丽莎白的祖父皮乌斯大公跛足、弱智、离群索居，最终孤独地死去。伊丽莎白的父亲马克西米利安大公也有很多非正常行为。他喜欢住在破败的城堡里，看着狗在客厅里嬉戏，牛在玫瑰园中吃草。

此前去慕尼黑时，我也顺道参观了新天鹅堡。那座矗立在悬崖峭壁之上的白色城堡，宛若童话之境，绝非一般人可以想象出来。不过大多数人不知道，新天鹅堡的主人，患有忧郁症的巴伐利亚国王路德维希二世，是伊丽莎白的表侄。这位国王患有严重的失眠症，夜间经常独自骑马在乡间漫游，或是打扮成中世纪德意志传说中的骑士，在城堡的房间里穿行。伊丽莎白喜欢这位表侄。她曾对侍女吐露："他并没有疯到要被关起来的程度，只是行为太过反常，无法顺利统治理性的人民。"不久，路德维希二世溺水而亡，伊丽莎白悲痛不已。据说，她开始相信招魂说，并举行降神会，希望见到表侄的亡灵。

后来，儿子鲁道夫在行宫中自杀，伊丽莎白陷入抑郁。她从此只穿黑衣，收集死者的遗物，并且时常梦见死亡。1898 年 9

月 10 日，伊丽莎白在日内瓦被意大利无政府主义者卢伊季·卢切尼用一把磨尖的锉刀刺杀身亡。她的最后一句话是："出了什么事？"

如今看来，这更像是一个王朝对整个欧洲时局的发问。若以禅宗视之，则像是偈语。自那以后的欧洲四分五裂，动荡不安，霍夫堡皇宫的每一块大理石都成为见证。

我走出英雄广场，沿着树荫掩映的环形大道一路前行。这条适合散步的大路一定可以和巴黎的塞纳河畔一较高下。这条路上集中了维也纳最出色的建筑和文化机构，随便哪一栋房子都充满了典故。但别忘了，维也纳的人口远比巴黎的要少，这意味着人们有更多的空间感受这座城市的一切。

我经过人民公园，里面正举行露天音乐会，演奏的是施特劳斯的华尔兹。作为一座文化之都，即便是土耳其人和拿破仑军队围城的危难时期，哈布斯堡皇室也不遗余力地支持那些伟大的音乐家，这其中包括了莫扎特、海顿、贝多芬、勃拉姆斯和施特劳斯。

现在，正规交响乐团的演出季已经结束，这支乐队不过是街头卖艺的艺人，但因为他们演奏的都是维也纳最著名的乐曲，还是有不少人把一枚枚硬币扔进他们面前的乐器箱里。他们穿着燕尾服，打着领结，姿态一丝不苟，仿佛这不是在人民公园的树下，而是在维也纳的金色大厅里。硬币相碰的声音叮当作响，和施特劳斯的时代一样，维也纳依然是艺术家们的 ATM 机。

　　1899 年 6 月 3 日，这里也在举行一场露天音乐会。当施特劳斯去世的消息传来时，有人走上舞台，低声同乐队指挥耳语了几句。很快，《蓝色多瑙河》的旋律开始飘荡在公园上空，用的却是慢板。据说当时维也纳进行了一次民意测验，施特劳斯的知名度在全欧洲排名第三，仅排在英国维多利亚女王和德国俾斯麦首相之后。而无论捷克人、波兰人还是匈牙利人，都能从施特劳斯的波尔卡和华尔兹中找到本民族的旋律。维也纳人甚至说，施特劳斯去世后，约瑟夫皇帝才开始真正统治帝国。

　　我试图想象，在当时的情景下，慢板的《蓝色多瑙河》该是怎样的况味，但是想象不出。只能视觉性地看到，那些音符一定如雪花一样漫天飞舞，不是降落，而是慢慢上升，如同被空气托起。人们静静伫立，眼中噙满泪水。一个伟大的音乐家离世时，大概就是这幅光景。

　　但是，这并不意味着施特劳斯在世时没有遭遇反对的声音。坦白地说，恰恰是反抗推动着艺术不断发展。1897 年 4 月，二十多位年轻的画家和艺术家宣布从施特劳斯代表的传统文化中"分离"出来，成立自己的先锋派联盟，史称"维也纳分离派"。这群维也纳的波希米亚，发出了现代主义艺术的最强音。现在，他们当中的古斯塔夫·克里姆特、埃贡·席勒的众多杰作就收藏在人民公园对面的利奥波德博物馆里。

　　博物馆外是一个小型广场，广场中央有一座用积木搭起的巨大雕塑，供人休憩。很多人就躺在积木上看报，或是三五成群地聊天。这是一座私人博物馆，创立者鲁道夫·利奥波德从20世纪50年代开始收集艺术品，当时他还是一名普通的大学生。他购进的第一幅绘画作品就是埃贡·席勒的《隐居者》，花费了三万先令，当时相当于一辆大众甲壳虫的价格，而这是母亲允诺他完成学业的奖励。这幅画奠定了利奥波德的收藏基调，日后他陆续收藏了19世纪和20世纪奥地利最重要的艺术品，尤以埃贡·席勒和克里姆特为特色。这些藏品的价值早已不是用甲壳虫可以度量的。

和很多欧洲博物馆一样，利奥波德博物馆近些年麻烦不断。麻烦主要集中在博物馆收藏的艺术品是否与战争中的非法所得有关。

1997年10月，利奥波德在纽约现代艺术博物馆展出了自己收藏的一百五十幅埃贡·席勒的画作。一幅名为《死城III》的作品被原收藏者的后人追诉。他们说，二战中收藏者死于达豪集中营，他的收藏才因此流落民间。另一幅画的争议更大，它是1912年埃贡·席勒为情人画的一幅肖像，题为《沃利肖像》。原收藏者是维也纳犹太艺术品商人莱亚·邦迪，二战时他的收藏被纳粹洗劫一空。

面对质疑，利奥波德多次申明自己不是纳粹，也不是纳粹的受益人。二战中，他和他的家人一直反对希特勒的独裁统治。出于这个原因，他拒绝将自己辛苦收藏的艺术品赔偿给战争期间受害者的子女。

《沃利肖像》没能回到维也纳。它被扣在美国。诉讼案一打十几年，从州法院一直打到联邦法院，甚至当利奥波德已离世，依旧没有等到结果。不久，利奥波德的儿子迪特哈德与对方达成和解，同意支付莱亚·邦迪的继承人一千九百万美元用以交换《沃利肖像》。文化财产诉讼案件律师托马斯·克莱因在《华尔街日报》上写道："好像这些裁决早就准备好了，只等着他（老利奥波德）撒手人寰。"

这件事的是非曲直的确颇难分辨。作为一座被纳粹占领的城市——不，事实上有二十万维也纳人自发前往英雄广场，欢呼希特勒的到来——历史给这座城市留下了一笔沉重的负担。重新开始生活的希望，建筑在清算旧账的基础上。利奥波德博物馆的遭遇正是历史留给这座城市悬而未决的难题之一。

类似《沃利肖像》的案子开始频繁出现。迪特哈德表示，一旦发现某件藏品确系二战期间掠夺而来，必定将其物归原主，或给予受害者家属相应的补偿。为此，他不得不将一些藏品送到伦敦的拍卖行，以支付相应费用。

"我出生于1956年，作为一个普通人，我没有任何义务去对1938年至1945年发生的事情负责。但是，这么多人的命运和他们曾经的遭遇深深触动了我。我觉得，我们应该正视历史。"迪特哈德表示，他希望所有争议结束后，博物馆能从此走上正轨。

如今，《沃利肖像》悬挂在博物馆非常醒目的位置。站在这幅肖像前，我很难想象它曾经历过这么多的波折。沃利是一个工人的女儿，而席勒最终离开她，娶了一位商人的女儿。他们在咖啡馆分手时，席勒希望彼此保持关系，至少每年做一次长途旅行，但是沃利拒绝了。她离开维也纳，不久死于猩红热。

画中的沃利戴着白色草帽，穿着深色长裙，被刻意放大的眼睛闪着忧郁的光芒。难道她已经预见了自己的不幸，以及这幅画的未来？

3

走出博物馆时，天空阴晦。起初，一些细小的雨点从天而降，不紧不慢，突然之间就变成了瓢泼大雨。我恰好路过一家咖啡馆，就躲进去避雨。我一边喝咖啡，一边读茨威格的回忆录《昨日的世界》——这是一本维也纳的《追忆似水年华》。

茨威格是维也纳人，他本人也喜欢光顾咖啡馆，因为那里有各国出版的报纸杂志，供人免费阅读。他在咖啡馆里度过了青年时代。

我以前并不喜欢茨威格，但《昨日的世界》却是一本隽永而充满感情的书。像所有隽永而充满感情的书一样，你一旦读了它，就会被作者说服用他的目光重新审视这座城市与这段历史。

在伊丽莎白被刺的第二年，茨威格进入维也纳大学，当时人们仍沉浸在帝国末期的狂欢中。作为中上阶层的年轻人，茨威格考虑最多的是，终于可以享受性自由了。父亲找来家庭医生，对茨威格进行了一些性教育。茨威格说："在他开始讲述性病的危险时，他擦镜片的举动完全是没有必要的。"

有些父辈们的指导方式则更加直截了当。"他们会在家中雇一个漂亮的侍女，其工作就是让年轻男子获得实际的性经验。"等到男孩们再长大一些，他们就学会了自行安排，从那些不提出附带条件的女店员、女秘书和洗衣女工那里得到性经验。这样的姑娘在当时被称为"甜妞"——她们大都是中下层女子，希望与出身资产阶级家庭的小伙子们保持一段浪漫关系。

这段逸闻让我想到了沃利。她大概也属于"甜妞"的类型吧。不过这并不稀奇，在席勒和茨威格的时代，资产阶级文化和审美情趣正在席卷整个维也纳。这里到处是咖啡馆、歌剧院，华尔兹舞会日夜不停。

人们怀念旧日时光，因为"怀旧"是典型的布尔乔亚趣味。茨威格就曾写道，在维也纳，一位全国闻名的女演员的去世，会使一个毫不相干的人觉得是莫大的不幸。任何一位受人爱戴的歌唱家或者艺术家之死，都会顿时成为全国性的哀痛。

他回忆了莫扎特《费加罗的婚礼》首演的老城堡剧院被拆毁时的情景：整个维也纳的社交界像参加葬礼似的，神情严肃而又激动地聚集在剧院的大厅里。"帷幕刚刚落下，所有的人都涌上舞台，为的是至少能捡到一块舞台地板的碎片——他们喜爱的艺术家们曾在这块地板上演出过——作为珍贵的纪念品带回家去。而且几十年以后还可以看到这些不会闪光的木片在数十户市民家中被保存在精致的小盒子里，就像神圣的十字架的碎片被保存在教堂里一样。"

我在克里姆特的一幅油画上，目睹到当年的盛况。剧院拆除六年后，克里姆特用绘画保留了记忆。为此，他特意安排了模特，但是很多名流都想登上这幅油画。最后，这块 32×36 英寸的画布上，出现了一百多位维也纳名流的肖像。

> 在维也纳，这类具有历史意义的每一幢房屋的拆除，就像从我们身上夺取了一部分灵魂。
>
> ——茨威格，《昨日的世界》

但是当时没人想到，最终夺走人们灵魂的是战争。在茨威格看来，当一座有两百万人口的城市，一个有五千万人口的国家，都觉得自己属于一个整体，觉得自己受到召唤，要把渺小的"自我"融化到火热的集体中去；当所有地位、语言、阶级和宗教信仰上的差别，都被暂时的、团结一致的狂热所淹没；当马车夫也在大街上争论应该向法国索要多少战争赔偿，是五百亿还是一千亿，而他们并不知道这究竟是多少钱时：战争的脚步就离人们不远了。

关于一战发生的原因，一直存在争议。茨威格的看法是，他找不出任何一个合情合理的理由，也找不出任何缘故。那次战争既不是为了思想上的纷争，也说不上是为了边境几块小小的地方。他认为那次战争只能用"力量过剩"来解释。那是在战前四十年的和平时期积聚起来的"内在力"所造成的悲剧性的后果，那种"内在力"是势必要发泄出来的。

二十多年后，第二次世界大战爆发。此时，身为犹太人的茨威格正躲在巴西撰写回忆录《昨日的世界》，他对欧洲充满失望。他沉浸在过去的岁月里，感到现实的荒诞和虚无。

在维也纳的德语里，有一个词叫作"Ewiggestrigen"，专指那些永远活在过去的人。当你成为"Ewiggestrigen"，你就会抗拒时间的前进，宁愿成为幽灵，永久地留在昨天。

1942年2月，茨威格夫妇服下超量的巴比妥后一起躺下，茨威格穿着衬衫，打着领带，妻子则穿着一件和服式的印花晨衣。

人们在作家的写字台上发现了一封遗书，其中写道："与我同操一种语言的世界对我来说业已沉沦，我的精神故乡欧洲业已自我毁灭，在此之后，除了这里，我不想到任何别的地方去彻底重建我的生活了。"

"这里"所指何处呢？我问自己，是"昨日的世界"吗？

此时，坐在咖啡馆里，周围的交谈声和杯盘声渐渐模糊。窗外的天空依然阴郁，雨水淋湿街面，让它呈现出青黑色。一时间，我怀疑这间大雨中的咖啡馆，就是昨日世界里的一座孤岛。

雨停后，我买了去布达佩斯的火车票。在维也纳剩下的两天，我打算泡在咖啡馆里读书，然后在街上随意地散步。

4

我先去了中央咖啡馆。这家著名的咖啡馆曾是列宁和托洛茨基密谋革命的地方。很遗憾，咖啡馆已经挤满了游客，人们在俄国革命的策源地合影留念，顺便吃上一顿昂贵的套餐。我进去喝了一杯咖啡，书则根本没敢拿出来，因为等位者的目光都如秃鹰一样尖锐。咖啡馆新近做了装修，一切看上去都熠熠放光，就像埃德蒙·怀特所说，犹如一个"垮掉的一代"的孩子，已经成长为优雅的中产阶级主妇。

我又回到上次避雨的那家名为"施贝尔"（Café Sperl）的咖啡馆。它建于 1880 年，或许正是昨日世界的入口。两张大桌子上摊满了报纸和杂志，高高的穹顶，美丽的枝形吊灯，墙壁上大理石雕刻的小天使，一切和《昨日的世界》中的描述如出一辙。

所有的桌子都是临窗的，透过宽大明亮的窗子，可以看到街道上来往的车辆和路人。咖啡馆里不吵，但可以听到杯盘相碰的声音，比完全安静更适读书。我想，这也许就是很多作家、艺术家喜欢在维也纳的咖啡馆里工作的原因吧。

"维也纳有三个与死亡有关的博物馆，分别是葬礼博物馆、犯罪博物馆和病理学博物馆，"维也纳作家格鲁伯说，"如果死神的造访或早或晚，不可避免，那就在享受中等待他的到访好了。"

因此有人说，维也纳人和弗洛伊德一样，在情绪上、精神上患有不治之症，同时又是这个世界上最好的精神医生。对他们来说，抵御抑郁的最好办法就是泡在这些年代久远的咖啡馆里。实际上，格鲁伯先生的畅销书《享乐的方法》就是在咖啡馆那光滑的大理石桌面上写的。

这是一个星期六的傍晚，咖啡馆里却不时进来一些独自用餐的人。这正是维也纳咖啡馆的妙处，它不会让独自用餐的人感到尴尬。不仅如此，巨大明亮的空间还给人一种眺望人世的温暖。看书之余，抬头看看身边的人，因为听不清他们说什么，反而更有一种观察者的乐趣。

比如，坐在门边的那个中年女人。她坐了好久，也没点任何东西。她戴着一副老花镜，翻阅着一摞又一摞的旧报纸，仿佛在寻找什么蛛丝马迹。她不时把其中一页报纸撕下来，旁若无人地塞进书包，而那书包已经鼓鼓囊囊。

比如，坐在我旁边的这位说英语的女士。她独自眺望着窗外，而夜色中的维也纳有一种混合了多种感情的都市感。我也顺着她的目光望出去，只见对面巴洛克建筑的屋檐上，耸立着几尊雕像，这些雕像仿佛城市的守望者，注视着光阴流逝。

我点了沙拉、本地奶酪、维也纳炸肉排和一杯汤尼钵酒。

我低头吃饭的时候，发现桌布下面有一张英文便笺，大概是上一位顾客留下的。

> 你嗜酒如命。你头脑里摆脱不了性的问题。你不务实事，整天消磨在高谈阔论之中。你是一名流亡者，明白吗？你在各家咖啡馆来回转悠。
>
> ——海明威，《太阳照常升起》

我把它给了端酒上来的服务员。他看了一下说："很多美国人来这里。以前有部美国电影在这里拍的。"

"哪部电影？"

"好莱坞电影，搞不清楚。"

后来，我查到这部电影是《爱在黎明破晓前》。

对于这家百年咖啡馆来说，一部好莱坞电影的意义显然算不上重大，它根本不屑把任何电影海报张贴出来。一切都尽量维持着1880年的原貌——那是哈布斯堡王朝最辉煌的时代。

也许，对这片哈布斯堡王朝的旧土来说，唯一称得上意义重大的是以柏林墙倒塌为象征的冷战的终结。正是它重新开启了维也纳作为"帝国"中心的地位。因为成为永久中立国，这种中心不再是政治意义上的中心，而是经济和文化上的中心。

数目巨大的奥地利资本涌入斯洛伐克和匈牙利。火车、汽车之外，布拉迪斯拉发和维也纳之间还开通了一天数趟的快艇业务。我随手翻阅咖啡馆里一份名为《法尔特》的周刊，发现其中专门有一版"邻居"，向读者介绍布达佩斯、布鲁诺和布拉迪斯拉发的演出及文化活动。再翻翻报纸旁边的维也纳电话黄页，里面有一半的名字是捷克人、匈牙利人、波兰人或南斯拉夫人。如今，维也纳就像中欧大地的枢纽——条条大路皆通"罗马"。

哈维尔在一篇文章中谈到"一种中欧心灵"："它是怀疑的、清醒的、反乌邦的、低调的。"流亡美国的波兰诗人米沃什则相信，尽管在一些人眼中，中欧低于西欧，但"这个二等的欧洲，已经开始坚定地眺望最前沿"。

是的，维也纳不再统治，但是它的商业和文化力量，鼓舞着这片土地。

只可惜茨威格死得太早。

第五章

中国"倒爷"，骑行者俱乐部，土耳其浴室

1

东出维也纳，火车就驶入了一片广阔的平原。这里阳光刺眼，铁路两边皆是沾满尘土的灌木。铁路几乎与多瑙河平行，但是河水并不在视野之内。只能展开想象的翅膀，想象这条长达二千八百公里的大河，蜿蜒流淌于欧洲大陆，像一条纤细的纽带联系起众多民族，却从来无力将他们结成持久的统一体。

时空的转换具有一种魔力，而火车就是转换的载体。再没有什么比舒舒服服地坐在一辆高速行驶的火车上更令人心旷神怡了。尽管窗外的风景有时乏善可陈，但这也正是旅行的目的之一。真正的旅行绝不仅是见证美妙的奇观，同样应该见证沉闷与苦难。仅仅是了解到"世界上还有人在这样生活"，就足以令内心辽阔起来。一切终将随风而逝，无论伟大与渺小，都将

归于尘土。比如眼前这片土地，曾经发生过多少波澜壮阔的故事，如今却平静得如同暮年。

正是这片平原，浸透了战争的鲜血。这里是匈奴人在"黑暗时代"、马扎尔人在9世纪末、土耳其人在16和17世纪以及俄国人在20世纪进军欧洲的路线。无怪乎在多瑙河中游的许多城市，城堡的遗迹依旧俯瞰着广阔的平原。

仍然是通过手机信号的转换，我才知道自己已经进入匈牙利的土地。不知为何，以前总是觉得布达佩斯相当遥远，遥远得像一望无际的大草原上的一个金色帐篷。其实布达佩斯和维也纳的距离只有不到三百公里，和帐篷也没有太多关系。

我琢磨着我的印象究竟从何而来，想来想去，或许是因为匈奴人曾经征服过这里，于是理所当然地觉得匈牙利人就是匈奴人的后代，而匈奴是和草原联系在一起的。

这当然只是众多历史误会中的一个。法国学者勒内·格鲁塞在《草原帝国》一书里描述过匈奴的历史。在被汉朝击败后，匈奴分裂为南北两部。南匈奴逐渐被汉族同化，而北匈奴的一部分向西迁徙。之后很长一段时间，他们消失在任何史书的记载中。直到三百多年以后，欧洲东部突然出现了一支强大的骑兵队伍，自称"匈人"。他们在首领阿提拉的带领下，所向披靡，打败了不可一世的罗马人，在匈牙利的土地上建立了帝国。

古罗马史学家西多尼斯·阿波林纳里斯曾不无厌恶地谈到这些短头型的匈奴人："他们有扁平鼻子（毫无轮廓），高颧骨，眼睛陷在洞似的眼眶中，锐利的目光时刻警觉地注视着远方。他们习惯于环视广阔的草原，能够分辨出现在远处地平线上的鹿群或马群。当他们站在地上时，确实矮于一般人，当他们跨上骏马，却是世界上最伟大的人。"

正是这些马背上的匈奴人，一度攻到了法国和意大利，令本已摇摇欲坠的罗马帝国雪上加霜。如果说匈奴的兵力之强盛让罗马人惊呼他们是"上帝之鞭"，那么匈奴帝国的衰落之迅速也同样令人感叹。阿提拉死后不久，帝国四分五裂，阿提拉之子的头颅甚至在君士坦丁堡的一次马戏表演上示众。残余的匈奴人最终被赶出匈牙利平原，重新回到了他们世代游牧的顿河地区。

真正创建今天匈牙利的，是发源于乌拉尔山一侧的马扎尔人。他们之所以能够定居下来，而没有像匈奴那样向东溃散，很重要的因素在于他们皈依了天主教。传说在公元 1000 年，他们的领袖斯蒂芬蒙受教皇赐予的王冠，这等于承认他是一位基督教的使徒国王。中世纪时期，"神圣王冠"本身就是一种民族团结的神秘象征。

火车行驶在平原上，不时经过一些有商店、小酒馆和客栈的集镇。戴着头巾的农妇们站在铁路边，注视着火车驶过。一些无动于衷的奶牛散落在牧场上，对火车的轰鸣充耳不闻。在七小时的电影《撒旦探戈》里，匈牙利导演贝拉·塔尔拍摄的就是这样的村庄。二十年过去了，情形似乎没有任何改变。我知道，匈牙利的南面没有天然国界，地形上亦无明显变化，这意味着一望无际的平原和与之捆绑的生活方式将一直延伸到南斯拉夫境内——那里的状况也许更糟。

火车停靠在布达佩斯东站，一座宏伟而老旧的建筑。这里一定是匈牙利最民主的地方，因为只要假定乘车，任何人都可以自由出入：商人、小贩、货币兑换商、酒鬼、闲汉混杂一处，还有目光暧昧的女人，优雅地站在廊柱下，像在寻觅目标的猎手。这里就像一个巴扎，也充满着巴扎的世俗热情。我想起博尔赫斯的诗集《布宜诺斯艾利斯的热情》。在热情方面，布达佩斯想必也毫不逊色。

没想到走出车站最先看到的是"南京饭店"。戴着高帽的厨师正蹲在门外打电话，一口四川话，我对这家餐馆的信心一下子消失了。不过我很亲切地想起童年时代看过的一部电视剧《多瑙河·黄太阳》。

如今还记得这部电视剧的能有几个人？即便在无所不能的互联网上，也已经查不到太多信息。电视剧的具体情节早已淡忘，不过清楚地记得故事讲述的是90年代初第一批来匈牙利当倒爷、做生意的中国人。匈牙利是当时唯一一个对中国实行免签的中欧国家。

记忆最深的一幕发生在火车上：在那个茅塞初开的年代，一个下海的知识分子坐在西去的火车上。轮子的噪音单调得近乎催眠，窗外的风景迅速后撤，迎来充满未知和希望的远方。那个知识分子模样的人坐在窗前，读着一本很厚的书，大概是俄国小说——那是个文学年代，还不至于读什么卡耐基的成功学。我感到，其中有一种宿命般的孤独感。我甚至想，如果生在那个年代，我是否也会是火车上读着俄国小说、背着廉价国货的一员？

火车上时常隐藏着小偷和国际骗子，有时候货和钱会被抢走，但是一旦到了布达佩斯，不管什么东西，哪怕是夏天化了的口红也会被抢购一空。被计划经济钳制了几十年的人们，对基本物质生活的渴望如同洪水猛兽。

我曾经采访过一个去匈牙利当倒爷的人，如今他已经回北京开了几家餐馆。他说，当时自己从中国带去成捆的白 T 恤，在布达佩斯随便印个图案，就能卖到两美元。

"那不是在印 T 恤，那是在印钞票！"时隔多年，他依然感叹，"那时半夜数钱，常常数到一半儿就睡过去了，白天实在太累太辛苦了。"

"后来这些人怎么样了？"

"有些人赚了钱，有些人去了别的国家，有些人回国，有些人一直留在匈牙利。"

"那些蚀本的呢？"

"谁知道呢，好像就这么消失了，再没听说过。"

人就是这样在时代的脚手架上攀爬，幸运的爬了上去，看到了美丽的风景，倒霉的摔得粉身碎骨。

2

　　我去了布达佩斯的四虎市场，这里正是当年中国倒爷白手起家的地方。我乘坐的有轨电车穿行在市区，苏联时期的建筑穿插着奥匈帝国的遗迹，感觉就像穿行在时空的马赛克里。天空高远，白云悠闲地俯视着城市。一切看上去井井有条，或者不如说过于井井有条。这着实有点出乎意料，我原以为一切都是乱糟糟的。电车转弯时路过一座巨大的砖楼和一段废弃的铁路专用线，就来到了写有硕大中国字的"四虎市场"，它正好坐落在铁路、街道、破旧仓库和工厂之间。

　　四虎市场的名字来源何处，如今已很难说清。一种说法是，当年创办它的四个中国倒爷名字里都有一个"虎"字，于是便以此名之。走在四虎市场里，就像走在义乌小商品市场，到处都是便宜的中国商品。这里空气污浊，但是如果路过一家香水摊，廉价的香水味便会扑鼻而来。市场里到处是匈牙利人和其他东欧国家人，很多摊主是本地人，他们大概已经铺开了中国的进货渠道。

　　四虎市场曾经是中东欧地区最大也是最早的中国商品集散地，每天来自各国的商人络绎不绝，进出货物的车辆排起长龙。

　　"生意最火的时候，国内的货还没运到，摊主就已经开始收钱了，"一个景德镇来的小伙子对我说，"现在，马马虎虎。"

他的叔叔几年前从一个老乡手上盘下这个摊位，如今他们卖景德镇瓷器，也兼营从浙江丽水运来的风景画——他的女友是丽水人。

到了 1995 年，大部分中国人的生意开始走下坡路。那时候，周边国家如波兰、斯洛伐克、乌克兰、罗马尼亚等国，都陆续建立起自己的中国商品批发市场，这些国家的中间商不再需要到匈牙利进货。尽管如此，还有一千多个中国摊位在维持营业，剩下的份额则被本地人、泰国人和越南人瓜分。

于是，四虎市场有了一种更为混杂的氛围。那是一种融合了多种国籍、不同文化的"气氛"，浓密得像挂满冬衣的衣柜。而且和所有在半封闭环境里待得太久的人一样，每个人的脸上都有一种幽灵般的神色。这是一个超越了时间约束的地点。外面的世界早已天翻地覆，而里面还维持着二十年前的样子。人们身上散发着旧沙发的色泽，和那些廉价商品一样和谐。

景德镇的小伙子告诉我，匈牙利当局有意打压这里，多次以"灰色清关""非法走私"为名，查抄中国商人的货物。

"他们看上这块地了，"景德镇小伙子一脸机警地说，"这里的位置很好，卖给开发商能赚一大笔钱。"

关于这个"声名狼藉"的中国市场，报纸上确实已登出了几种开发方案。其中包括建一个大型游乐场、建一个电车厂，或者开发成一个高档的"中国小区"。无论哪种方案，四虎市场成为历史都是迟早的事。

"如果有一天这里被拆除了，你怎么办？"

"可能开一个餐馆。"

"没想过回国？"

"想过，怎么能没想过？但现在匈牙利加入了欧盟和申根，以后这边的机会会多一些。"

3

那天吃完早餐，我出门沿着多瑙河散步。布达佩斯刚刚睡醒，街道上铺着一层毛糙的柠檬色的阳光。树枝从岸边伸出来，伸到河面上，河水辽阔而浑浊。有人曾因此问谱出《蓝色多瑙河》的施特劳斯，为什么多瑙河不是蓝色？他回答："如果喝了一公升的酒，多瑙河的确是蓝色；要是喝了两公升的话，你要多瑙河是什么颜色，就是什么颜色。"

——这个段子是在蔡澜的书里看到的。

我跨上横跨多瑙河的铁索桥，一艘小客轮正匆匆驶往下游，消失在桥洞底下。跨过铁索桥是城堡山，山上是匈牙利过去的皇宫。我走上皇宫的观景台，上面有几对相拥的情侣，风景确实非常浪漫。河风阵阵袭来，多瑙河像一条丝带蜿蜒向南。遥望过去，对岸的佩斯坐落着一幢幢玩具似的房子，城市从河岸开始向远处迤逦延展，直至变成轮廓朦胧的腹部。花盆一样的瓦红色中点缀着白色和青色，最后融入远方玫瑰色的雾霭中。

风景缺少的只是赞美。

与布达相比，佩斯的开发相对较晚，大部分的城市建设完成于 19 世纪，气势恢宏的议会大厦则建于 20 世纪初期。整个大厦共有六百九十一个房间，二十七道门，楼梯总长达二十多公里。大厦四周的顶部布满哥特式的尖塔，其中最高的是正面两侧的白色尖塔，高七十多米。它的建筑风格曾招来很多非议，甚至被英国旅行作家帕特里克·莱斯·弗莫尔形容为"癫狂"。但我恰好觉得，这正是我心仪的匈牙利作曲家李斯特的作品里所表现的气质。那种匈牙利式的激情，澎湃得如一位狂放的扎髯大汉，手执铁板，高唱大江东去。这也正是布达佩斯区别于维也纳和布拉格的所在。

我徜徉在原来的皇宫、如今的历史博物馆前，不远处是高高耸立的圣马加什大教堂——帝王加冕的地方。教堂看上去很新，因为是在原来的废墟上重建起来的，原教堂早在 16 世纪就被奥斯曼土耳其的军队摧毁了。

放眼望去，眼前的宫殿、教堂，乃至横越多瑙河的大桥都是战火后重建的，但是不知何故，我仍能感到一种历史的延续感。它们看上去并不虚假，而是与布达佩斯融为一体，与时间融为一体。

在皇宫门前，我碰到了一个匈牙利小伙子。他穿着短裤、T恤，戴着棒球帽，推着一辆山地车，正领着三个美国游客参观。经历过二战中的轰炸，皇宫早已化为一片瓦砾。匈牙利社会主义工人党执政时决定重建皇宫，作为国家美术馆对外开放。小伙子说，他的祖父是当年的建筑师之一。

"我不得不告诉大家，当时没有足够的资金完全复原过去的辉煌，现在的皇宫在建筑上是有缺陷的。"他指点着，"最明显的是窗户。你们可以看到，现在的窗户只是玻璃，而真正皇宫的设计和雕饰都远比这复杂得多。"

我们注视着玻璃，等待他继续说下去。

"我想表明的是，你们今天看到的这个建筑依然很伟大，但是对建筑师本人来说，则是不无遗憾的。"

等他们休息的时候，我走上去和匈牙利小伙子攀谈起来。他叫捷尔吉，是布达佩斯理工大学建筑专业的学生。我问他做导游是不是利用业余时间打工赚钱，他笑着摇头。

"我属于一个城市讲解俱乐部，"他说，"我们俱乐部的宗旨是推广匈牙利文化，为外国游客提供免费讲解。"

他告诉我，现在很多旅行手册上都有他们俱乐部的介绍，只需在网站上注册，告知希望讲解的景点，俱乐部就会派人与游客接洽。

"你是骑山地车来的？这是你们俱乐部的风格？"我问。

他笑着说："不，骑车是因为我属于另一个俱乐部，一个骑行俱乐部。"

"这么说你加入了不少俱乐部？"

他颇为自豪地告诉我，这是现在布达佩斯人的时尚：加入某种俱乐部，获得一种社会身份。

"一种社会身份？"

"比如我们加入了骑行俱乐部，我们的社会身份就是'骑自行车的人'。因为这一身份，我们就有了某种相同的观点和诉求。随着人数的壮大，我们就会要求政府为我们提供相应的场地，或者在修路时考虑到我们的需求。"

"除了骑行者的身份，还有什么身份？"

"很多，我们每个人都希望拥有一个主业之外的身份，一个公共层面的身份。"

我看着捷尔吉，觉得他不像在开玩笑。透过哈利·波特似的镜片，他的眼睛闪烁着诚恳的光芒。他描绘的"社会身份"让我感到吃惊。一个国家的年轻人如果都以拥有"公共层面"的身份为荣，那么这个国家无疑是充满希望的。我问捷尔吉未来有什么打算。

"申请去美国读书。"

"为什么不留在匈牙利学习？你们有这么多伟大的建筑。"我指着他祖父参与修建的国家美术馆。

"必须去美国读书，匈牙利人才认可你的能力。"

"匈牙利人都这么认为？"

"是的。"

我叹了口气，因为总算找到了匈牙利和中国的共通之处。

4

在一本书上，我曾看到匈牙利作家哲尔吉·康拉德这样说："就像在纽约一样，人们在布达佩斯也可以看到新的与旧的、残破的与重建的、大卖场与小商铺的完美结合。"

我想，康拉德指的一定是佩斯。因为当我游荡在佩斯的大街小巷时，我的确感受到了一种时空交错的"并置感"，一种清醒与梦境交织的氛围。

我在卢卡奇咖啡馆（Lukács）喝了一杯咖啡，这里过去是匈牙利秘密警察的总部。如今，瓷质的裸女在大理石壁炉上静静梳头，匈牙利姑娘们三五成群地进进出出。我拿着地图寻找李斯特的故居，却迷失在纵横交错的小巷里。就在要放弃的时候，赫然发现身后的公寓门上挂着一块铜牌，上面用德语镌刻着："弗朗茨·李斯特，周三、周四、周六，下午3点至4点在家。"

我看了看表，发现来得正是时候。我想象着这么推门进去，穿过长长的走廊，看到一头长发的李斯特正在招待朋友们咖啡和沙哈蛋糕。然后，他坐到钢琴前，随手弹出一首《匈牙利狂想曲》的主题部分。

"你们觉得怎么样？"他问众人。

我相信过去不曾终结，它仍然在另一个维度上运行。通过旧房子、旧书、旧照片，我们得以窥视那个维度里的吉光片羽。我走上博物馆街，周围十分宁静，只有树叶在人行道上方飒飒作响。街边是栉比鳞次的旧书店，一家挨着一家，至少绵延一公里长。这里是中欧地区最长的旧书一条街。

我走进一家旧书店，埋首在故纸堆之中的老板抬起头，从镜片上方打量我。他像老学究一样地舔了下手指，然后继续翻阅手里的书。大部分的书都是匈牙利文，那种类似法国 19 世纪的硬皮金边装帧，书页早已泛黄。我不时抽出一本书，猜测它们的内容，那些像谜一样的字母充满了神秘的诱惑。

匈牙利语是世界上最难学的语言之一，它的动词不仅可以根据主语变位，也可以根据宾语变位。这一屋子的匈牙利语书籍该埋藏着多少知识和秘密啊？而它们却像宝库的石门，拒绝对我开放。

终于，我在唯一一个英文书架上找到一本 1935 年伦敦出版的毛姆写的《在中国的屏风上》，品相俱佳，只要八百福林，相当于人民币二十二块钱。

付账的时候，老板又一次从镜片上方打量我。

"中国，中国，"他边念叨边找钱，"对我来说很遥远。"

"对我来说，匈牙利也很遥远。"

"你是做什么的？"

"写字的。"

"以写字为生？"

"以写字为生。"

"你应该写写匈牙利，你知道为什么？"

"告诉我……"

"我退休以前一直在国家图书馆工作。国家图书馆有一个目标：收集世界上所有关于匈牙利的书，无论它们是用什么语言写成的。"

我静静等待下文。

"只要发现这样的书，我们就会收藏六本。"老板笑呵呵地说，"如果你写关于匈牙利的书，我敢保证，你至少可以卖出六本！"

"我想我得先学会匈牙利语，才能写出一本真正有价值的书。"

"学吧，年轻人，如果你有志于此。"

"匈牙利语太难了。"

"交个匈牙利女朋友。"他狡黠地看着我，就像刚刚吐露了成功的奥秘。我告诉他，我相信这是我学会匈牙利语的唯一办法。

当我走出昏暗的旧书店，阳光正在马路上跳跃。熠熠闪光的雕像和路边长椅映照着老房子高高的穹顶和白色的木质窗棂。行人来往匆匆。路边的咖啡馆里，人们或是聊天，或是发呆。一个迎面而来的老妇人冲我露齿一笑，这样的机缘是怎样修来的？

眼前的一切就像一个懒洋洋的梦境，有一种不真实感。布达佩斯就像被分隔成许多很短的片段，断断续续地拼贴成一幅油画，而我在这幅油画里分辨着城市的只言片语。这是旅行者的工作，也是乐趣所在。

人们与一个城市分享的爱往往是秘密的爱。

——加缪，《阿尔及尔之夏》

我试图在这幅油画里寻找奥斯曼土耳其的痕迹。土耳其人统治匈牙利长达一百五十年。1520 年，当苏莱曼一世成为奥斯曼土耳其的苏丹，他马上挥师夺取了贝尔格莱德。此后，他开始步步推进，于 1529 年攻占了布达。他摧毁了匈牙利人的城堡，建起了土耳其人的浴室。这些浴室最初是为了缓解土耳其士兵的思乡之情而建，却在布达佩斯繁荣起来，并被匈牙利人发扬光大。现在，布达佩斯还保留着至少十五家巨型温泉 Spa，它们建于不同时期，风格各不相同，但无一例外都面向公众开放。

我决定去塞切尼温泉消磨掉这个漫长的下午。塞切尼温泉建于 1918 年，它的体量巨大，能容纳上千人共同洗浴。我的意思是，也确实有这么多人涌进了塞切尼温泉……

人们在门口排起长队，翘首以待。很难想象，这支浩荡的多国部队都是前来干"洗澡"这同一件事的。队伍中有高贵的绅士和优雅的淑女，也有普通的工薪阶层和难掩兴奋的游客。过不了一会儿，一切象征身份和阶级的外饰都将被脱光。在男女混泳的温泉池里，人们将素面相见，只有身材决定一切。我突然明白了，为什么浴室会成为古希腊最重要的公共空间。

门口站着两位凶神恶煞的保安，等一定数量的人出来了，他们才放同等人数的人进去。

"怎么样？怎么样？"一些游客迫不及待地问刚从温泉出来的人。

"不可思议！"

这话更激起了人们的好奇。他们摩拳擦掌，跃跃欲洗，仿佛就要上场的运动员，准备洗他个昏天黑地。

终于轮到了我们这拨儿。我花费了相当于人民币一百块钱买了门票，发现迎接我的是一个长达一公里的环形更衣室，半个圆弧是男士更衣室，另外半个圆弧则归女士所有。

我换上泳裤，走到室外。在湛蓝的天空下，象牙色的新巴洛克建筑环绕着两个巨型户外温泉池，中间是几条标准泳道。孩子们争先恐后地在"旋转走廊"型的池子里冲浪；情侣们在温泉中相拥接吻；几个大学生模样的人泡在温泉里喝啤酒；两个男人在对弈国际象棋；还有一些人坐在岸边，一边看书一边啜饮鸡尾酒。到处是欢声笑语，正是这种自由随意的日常生活气氛，让塞切尼温泉显得与众不同。

我先在游泳池里游了两千米，感到肌肉紧绷绷的了，就跳到温泉池里放松。我半躺在水上，感受着从池底喷出的水柱打在背部的酥麻感。我仰望身边口吐泉水的天使，他张着翅膀，脸上肉嘟嘟的，有一种调皮的表情。顺着他的目光，可以环顾教堂般的塔楼和四周黄色的围墙。

此时，落日像小巧的发卡，别在城市的肩头，把塔楼和围墙染成一片金色。有一段时间，温泉池也是一片金光灿烂。我闭上眼睛，感到思绪渐渐抽离出来。微风掠过围墙吹拂着我，围墙外是城市花园，是英雄广场，是店铺林立的安德拉什大街，沿着它就可以一路走到多瑙河。

我又泡了一会儿，然后淋浴出门。大门外，路灯一盏接一盏地点亮了。起初只是像蜡烛一样颤动的光，似乎一阵风就能吹灭。不一会儿，跳跃的光点就变成了一片炫目的黄色光幕。我沿着安德拉什大街寻找吃饭的地方，由于刚游完泳，双腿有一种空荡荡的疲惫感。我一边沿街而行，一边橱窗消费，夏日的黄昏和身边的路人使我感到欣快。华灯初上之际，人们总是显得行色匆匆，他们都在赶往什么地方，美餐一顿，喝上一杯，然后去找点乐子。

我走进一家看上去不错的餐馆，点了古拉什（Goulash）和甘蓝菜肉卷。古拉什是中欧地区的一道名菜，在很多餐馆都能点到。不过捷克和斯洛伐克的古拉什是土豆烧牛肉，而在匈牙利则是牛肉浓汤。我一边喝汤一边想到，赫鲁晓夫曾在匈牙利的群众集会上说，实现了共产主义，匈牙利人民就可以经常吃到古拉什了。"土豆烧牛肉共产主义"就是这么来的。

为了超越共产主义，我又要了一瓶冰镇的托卡伊贵腐葡萄酒，这是我来匈牙利一直想喝的一款酒。用来酿这种酒的葡萄是最甜的一种。等葡萄熟透了，在树上晒成被贵腐菌良好感染的蔫葡萄，再由人工一粒一粒摘下。酿制这种葡萄酒所花费的工夫要比一般葡萄酒多出数倍，有时一棵葡萄树只能酿出一小杯，所以价钱较一般葡萄酒也昂贵许多。

在国内，这种酒的价格常常高得离谱，但在原产国匈牙利则完全处在可消费的范围内。这种酒至少在木桶内存放两年、瓶内一年，倒入杯中是一种奇香无比的琥珀色液体。我一边吃着味道浓郁的古拉什和肉卷，一边呷着冰镇的贵腐葡萄酒，游泳之后的疲惫感渐渐消失，于是开始着手制订未来的计划。

既然不再感到疲劳，并且已经体验了布达佩斯最迷人的吃食和温泉，我大可以继续向下一个目的地进发了。我琢磨着去一个相对静谧的小城市，比如卢布尔雅那。在那里不必跋山涉水，因为城市十分袖珍，所有地点都能步行抵达。白天，我可以在咖啡馆里看书。晚上大吃一顿，然后四处走走。卢布尔雅那离布莱德不远，我可以找一个白天，去那边清凉透明的湖里游游泳。我觉得这个计划不错，而且从布达佩斯就有直达卢布尔雅那的火车。

我感到非常开心，当你想去什么地方就能够办到的时候，那种快乐是发自内心的。于是我将饭菜一扫而光，喝干了一瓶葡萄酒，付了饭钱和小费，重新回到街上。虽然还是夏天，可夜晚的空气十分凉爽。深夜时分，安德拉什大街上仍有电车驶过，划出一道闪亮的光线。电车上几乎空无一人，我坐上去，感到它仿佛正沿着历史长河逆流而上。

我在电影院门前下车，买了一张伍迪·艾伦的新片《爱在罗马》的电影票。国内从来没有引进过他的电影，因此在看了二十六张盗版 DVD 后，我很荣幸能够为老头贡献一次票房。

从电影院出来，我步行回酒店。酒店在多瑙河边上，紧邻着索菲特酒店。因此，当我看到酒店附近站着不少姑娘，操着英语跟我打招呼时，并不感到奇怪。

一个姑娘走过来，问可不可以跟我一起回房间。

我随口告诉她，我妻子正在房间里等我。

她说："那可以去我的地方。"

"哪里？"

"不远，离这儿很近。我喜欢你。"

"是吗？你是匈牙利人？"

"罗马尼亚。"

她肯定还不到二十岁，瘦小得像一只羽毛未丰的雏鸟。她穿得很少，看上去很冷。我掏出五十欧给她，让她去买点东西吃。

她诧异地盯着我："你不想和我上床吗？"

我说我不想。

她突然动作激烈地把钱推开，目光中带着受伤的怒火。

“走开！”她喊道。

从旁边的花坛旁，走出一个匈牙利男子，嘴里叼着烟。

“什么情况？”他瞪着眼质问我，“你跟她说什么了？”

“什么都没说。”

他跟罗马尼亚姑娘说着什么，我一句都听不懂，可却感到自己处在一种非常荒诞的境地。在布达佩斯，在这样的夜晚，一切看上去都那样美好：皇宫在对岸的城堡山上熠熠放光，天空是一种深邃的宝蓝色，一朵朵灰色的云像河水般流逝。

他们还在说着什么，而我已打定主意离开。没有人拦住我，也没有人继续招揽生意。我一路走回酒店，门房向我问好。我上电梯，拿出钥匙，拧开门，看到月光正明亮地照在我的床上。

第六章

挥之不去的饥饿感，分裂的南斯拉夫，湖底的钟声

1

从布达佩斯到卢布尔雅那，火车正午发车。天气闷热，我坐在靠窗的位子上，把窗户打开，期待车开后有风灌进来。

离发车还有二十分钟，我去车站外面买啤酒和水，回来后发现车厢里又多了一男一女。我们打了个招呼，他们的口音很难懂，使我打住了继续搭话的念头。我坐回位子上，打开啤酒，他俩则在靠门的位子上相对而坐。

火车开动以后，果然有一些热风倒灌进来，外面的风景却乏善可陈。于是我把注意力移向了我的"室友"。他们看上去像一对情侣，大约二十多岁，女孩的眉眼很淡，栗色的头发刚够扎成一束马尾辫。她的身材很匀称，皮肤白净，是个招人喜欢的姑娘。男人的胡楂很重，头发之前剃光过，不过已经长出短

短的一层。他的眼睛很大，眼窝深陷，有点像希腊人。他们相伴而行，但几乎从不交谈。只有一次，姑娘在睡觉的时候把光脚伸到男人大腿旁边的座椅上，男人就在她的脚背上捏了捏，姑娘闭着眼睛微笑——仅此而已。如果不是之前打过招呼，我可能会怀疑他们是聋哑人。

火车一路向西，经过一些荒凉的村庄。村庄与村庄之间，不乏大片荒地。一些农民坐在铁道边，注视着火车，火车开得很慢。在这个匈牙利的午后，无论是火车还是农民，都显出一副无精打采的神色。

我拉开第二罐啤酒的时候，车厢门被推开了。在陡然加倍的噪音里，一个背着大旅行包的亚洲青年走了进来。

"Soli，"他说，"可以坐吗？"他指着我和情侣之间的空座。

"可以。"

他把大包放在地上，坐下来，神色稍显失落。也许，他是把我当成日本人才闯进来的，否则旁边的车厢要空得多。

多次和日本人相遇以后，我总结出了在国外分辨他们的三种方法：一、他们把 sorry 念成 soli；二、他们人手一本日本大宝石出版社的《走遍全球》；三、或者说是一种天赋亦可，他们总能在鸟不拉屎的地方，找到极为正宗的日本料理。

我想起几年前在中亚的塔什干旅行时，曾跟随一个日本人找到一家拉面馆。外面大雪纷飞，拉面馆里坐满了日本人。拉面做得十分出色，出色到让人觉得再推门出去就是北海道。可是，这一屋子形色各异的日本人，究竟是怎么齐刷刷地找到这里的呢？实在让人摸不着头脑。

日本青年进来以后，那个姑娘醒了。她发了一会儿愣，然后从背包里掏出一个蓝色塑料袋，里面有两个塑料饭盒。一个饭盒里装着掺了小米的蔬菜沙拉，另一个饭盒装着切片苹果。她又变出一袋面包和一块黄油，用餐刀把黄油涂抹在面包上，再盖上一层小米蔬菜沙拉。她独自吃着，而男人坐在对面看书。过了一会儿，他合上书，我以为他要和姑娘一起吃饭了，然而他只是起身从行李架上拿出一袋饼干。那咯嘣咯嘣的咀嚼声，让我想象得到那是一种难以下咽的感觉，可姑娘并没有把她的美食分给男人一点儿。

姑娘继续睡觉，醒来就拿出一些零食吃。男人除了睡觉就是看书。他们一句话也没说过，沉默得就像窗外空荡荡的大地。

日本青年已经戴上耳机睡得昏死过去，手边摊着一本《走遍全球·中欧》。他穿着墨绿色的军裤，一双套着灰色棉袜的脚丫无情地搭在我旁边的椅子上——是那种五趾分开的袜子。

我试着把目光移向窗外，通过手机信号，我知道我已经进入斯洛文尼亚境内。火车正沿着阿尔卑斯山脉的边缘行驶，翻过这些褐色的群山就是奥地利。

我的思绪飞到了维也纳漂亮的咖啡馆和美味的蛋糕上。那些蛋糕都不贵，浓郁的黑森林，还有苹果挞。我感到有点饿了。早餐以后，除了三罐啤酒，我几乎没吃任何东西。一时间，我很后悔没带一点儿吃的上来。我本该在布达佩斯的面包店里买一个大面包的，此刻我几乎可以想象出那带着微微烟熏味的棕色面包皮的味道了。

> 饥饿是有益健康的，在你饥饿的时候看画确实是看得更清晰。然而吃饭也是很美妙的，你可知道此时此刻该上哪儿去吃饭？
>
> ——海明威，《流动的盛宴》

我看到两只在树林里踱步的小鹿。它们看上去那么小，可能还不到一岁。我对自己说："好吧，如果能看到阿尔卑斯山和小鹿，那生活就还不算太坏。"

火车在一些荒凉的小站停靠，其他车厢的旅客陆续下车，留在车上的人越来越少。我看到一些背影，独自拉着箱子走出车站，另一些人则和亲友在站台相拥。这是再平常不过的场景，其中却包含着生活的一切。

我望着窗外崎岖不平、孤独荒凉的乡村，知道这里曾经属于南斯拉夫。在更久远的过去，则处在神圣罗马帝国的统治之下。13 世纪末，哈布斯堡家族控制了这里。从那以后，斯洛文尼亚人和奥地利人和平相处，甚至被冠以"说斯拉夫语的奥地利人"的称号。长期以来，他们对哈布斯堡家族的忠诚都比建立一个独立的大南斯拉夫的想法更根深蒂固。

1917 年，斯洛文尼亚宣布在奥匈帝国内部建立一个南斯拉夫国家。然而，第一次世界大战导致帝国覆灭，斯洛文尼亚随后选择了一条更为激进的道路。它联合塞尔维亚王国建立了塞尔维亚、克罗地亚和斯洛文尼亚王国，1929 年改称南斯拉夫王国。1945 年，斯洛文尼亚成为南斯拉夫联邦人民共和国的一个加盟共和国。

在一个车站，火车停了很久，我看看表，已经是下午 6 点，卢布尔雅那还在遥不可及的地方。这时，列车员推门进来。他是个秃头，穿着明显大一号的制服。他说，因为人太少，他们要拆下两节车厢再继续走。他挥了一下手，像是要赶走一只讨厌的蚊子："好事是天不会那么热了，雨很快就来。"

果然，积雨云已经在傍晚的天空堆积起来，空气中飘浮着一股土腥味。不是土腥味，更像是森林和沙土混合的气息。火车重新开动时，我们车厢里的姑娘走到过道上，把窗户完全打开了，风一下子灌进来，剧烈撩动着她额前的头发，也让我深深呼吸到了一口斯洛文尼亚的空气。

男人站起来，走到过道上，从后面缓缓地揽住了姑娘的腰，下巴轻轻抵在她的肩膀上。我不知道他们有没有说话，风声和齿轮声吞没了一切，但是那一幕非常像在电影中才会出现的画面。

很好，我想，不是吗? 一切都很好，除了挥之不去的饥饿感。

这时，日本青年一跃而起，带着精心策划的从容，从行李架上拿下一个塑料袋，打开之后，竟是两盒日式便当——一盒是寿司，一盒是关东煮。他移到我对面的餐桌上。精致的便当，看上去像是上天赐予的礼物。他带着满意的表情打开寿司盒，里面有一双筷子。他拿出手机拍照，雨水顺着窗缝溅到我裸露的胳膊上。他又蹿起来，拿下来一个矿泉水瓶，里面是琥珀色的啤酒。

车厢的顶灯突然灭了一盏，昏暗之中，连阅读也不可能。我只好看着窗外，听着日本青年小口呷着啤酒。万里之外，中国海监船正和日本海警在钓鱼岛海域对峙，我毫不怀疑此刻就是中日关系史上最差的时刻。

我回忆着我在布达佩斯吃喝的情景。离开的前夜，我喝着上好的埃格尔公牛血葡萄酒，吃着加了芥末的烟熏香肠配米饭，米饭上浇了一层洋葱炖匈牙利小牛肉。之后，我就着甜点喝完那瓶葡萄酒，又叫了一小杯浓缩咖啡。我慢慢地吃喝着，并且相信一切都没什么大不了。

我这样想着，慢慢感觉好了许多，对于眼前的一切我可以做到熟视无睹。雨仍然下着，有一种不紧不慢的态度。我只是希望火车到达卢布尔雅那时，雨能够停止，这样我就不用在夜色中冒雨寻找旅馆了。

夜幕早已降临，除了一些山峰和建筑的轮廓，我已分辨不出窗外的风景。对于卢布尔雅那，我几乎全无了解。我希望我能找到一家不错的餐馆，好好吃上一顿。这就是我想的全部，对我来说，这就是生活的全部。

我闭上眼睛，等待火车到站。可当火车真的到站时，我却感到它还会继续前行。因为我心目中的终点站总是开阔而且熙熙攘攘的。当同车厢的人开始收拾行李，准备下车时，我才知道这个小小的昏黄的车站就是卢布尔雅那。

我拖着行李走出火车站，雨已经停了，空气清新而湿润。我站在马路边上，没有任何方向。但我知道，在这个凉爽的夜晚，在这个世界的角落，我总归会拥有一张床和一桌丰盛的晚餐。

> 姐姐，今夜我在德令哈
> 这是雨水中一座荒凉的城
>
> ——海子,《日记》

我后来才发现，卢布尔雅那一点也不荒凉。

2

第二天，我花了一个上午在城里游荡，走过遍布餐馆、绿树成荫的河边，穿过纵横交错的小巷，随意走进感兴趣的店铺。每当失去方向感，我就抬头看看山顶的卢布尔雅那城堡，它总是像海岸线上的灯塔一样可靠。虽然是首都，卢布尔雅那却给人一种袖珍小镇之感。这大概是我去过的最小的首都，花了不到两个小时，我就将整个城市走了一遍。

在欧洲旅行，走路成了我最常用的交通方式。因为欧洲城市大都非常适合走路，人行道宽敞，空气新鲜，走累了随便进入一家路边的咖啡馆，喝一杯蒸馏咖啡振作精神，就可以继续上路。

在卢布尔雅那走路，时常感到它的建筑风格受到了邻国奥地利和意大利的影响。实际上，这座城市的历史也时常被邻国改写。二战期间，卢布尔雅那一度被意大利吞并，成为卢布尔雅那省。占领当局拉起一道三十公里的铁丝网，将城市完全封锁起来，希望借此抑制如火如荼的地下抵抗运动。意大利投降后，德国纳粹取代了意大利人。直到 1945 年 5 月，斯洛文尼亚游击队才解放了这座城市。

作为一个小国，斯洛文尼亚一方面竭力保持本土文化，一方面也不得不积极收纳其他国家的文化因子。正如米兰·昆德拉所说，生长于一个小国有时候是一种优势。因为身处小国，要么做一个可怜的、眼光狭窄的人，要么成为一个广闻博识的"世界性的人"。

在这个意义上，卢布尔雅那显然是那个"世界性的人"。这里有来自世界各国的游客，河畔的街道上遍布着世界各地的美食。比如，前一天晚上，我就在巴尔干菜、印度菜和意大利菜之间徘徊良久，最终选择了印度菜。

也许是过于饥饿的原因，我觉得那家印度餐馆相当够味儿。当我吃着刚从馕坑里拿出来的烤馕时，感到再没有什么地方比这里更适合作为一天旅行的终点了。

此刻，我沿着广场向南前行，一直走到三桥才驻足。一个三重奏乐团正在桥上演奏，乐声中可以看到浅橙色的方济各会报喜教堂。游客们在桥畔拍照，在他们身旁，墨绿色的河水穿城而过。

我站在桥上，手扶着大肚瓶般的白色石柱，想到三桥是斯洛文尼亚建筑师乔佐·普雷契尼克的杰作。普雷契尼克是斯洛文尼亚最著名的建筑师，也是欧洲最好的城市设计师之一。他那浅显却独具魅力的建筑语言，在卢布尔雅那的诸多建筑上体现得淋漓尽致。普雷契尼克之于卢布尔雅那，就如同高迪之于巴塞罗那。

普雷契尼克早在维也纳和布拉格时就功成名就，但在20世纪20年代，他还是选择回到卢布尔雅那。他被赋予重新规划设计整座城市的使命，这几乎是任何一位建筑师梦寐以求的工作。普雷契尼克的成就远远超出家乡父老的期待。人们用"普雷契尼克的卢布尔雅那"来称呼这位建筑师留下的宝贵遗产。

普雷契尼克首先改建了自己每天经过的街道。因为"我只知道一条道路：穿过弗兰西斯科桥的那条——可即便是这条路，因为城市的无趣，我也更喜欢在晚上走"。他重新规划街道、广场和河堤——在此之前，卢布尔雅那几乎从未经过设计。

普雷契尼克赋予了卢布尔雅那全新的外观：蒂沃利公园、国会广场、三桥和市场。如今，他设计的许多建筑依然是这座城市的地标。他有意识地从传统中寻找灵感：从古代遗迹中，从意大利人留下的巴洛克建筑中，追寻美的源流。他将古罗马奉为城市规划的经典，试图把卢布尔雅那设计成和古罗马一样的都市。与此同时，他也从斯洛文尼亚的山地传统中汲取养分。

20 世纪 50 年代以后，普雷契尼克一度被认为古板过时，但直到去世前，他都没有停止过工作。70 年代，后现代主义者重新发现了普雷契尼克的独创性，惊叹于凝聚在他建筑上的那种传统与创新的张力。"普雷契尼克的卢布尔雅那"成为现代都市"怀乡"的典范之作。因为在这里，人们可以找到 19 世纪城镇、巴洛克建筑、中世纪城镇，乃至古罗马的影子。

普雷契尼克从不用热水洗澡，他家里也没有任何供暖设备。他讨厌舒适的座椅，认为舒适是工作的天敌。去世后，他被提名圣徒，但遭到梵蒂冈的拒绝。因为他同时和两位女士长期保持通信关系。不过，就像柴可夫斯基和梅克夫人一样，普雷契尼克与这两位女士也从未谋面。

我们不会独自死去，因为从的里雅斯特一直扩展到波罗的海的温和的巴洛克地区，被模糊地称作"中欧"的地区，将会和我们一起灭亡。克罗地亚、捷克、斯洛伐克、匈牙利和波兰，将会和我们一起灭亡。甚至还得加上巴伐利亚。是的，所有民族和人民都不可磨灭地打上了中欧文化的烙印。

——马尔坚·诺让奇

二战以后，斯洛文尼亚成为铁托领导的南斯拉夫的加盟共和国。铁托的母亲是斯洛文尼亚人。在南斯拉夫联邦里，斯洛文尼亚是生活水平最高的国家，为那些南部欠发达地区做出的贡献最大。到了 20 世纪 80 年代，整个南斯拉夫陷入经济困境，各地区发展水平的不平衡也为这种紧张态势火上浇油。卢布尔雅那和贝尔格莱德之间多次出现紧张局势。

这种分歧在 80 年代末到达顶峰。1989 年 1 月，斯洛文尼亚诞生了一个独立政党。在由共产党执政的国家里，这种情况尚属首次。一年以后，斯洛文尼亚中断了与南斯拉夫的一切联系，克罗地亚不久也步其后尘。两个国家随即宣布独立。斯洛文尼亚想摆脱一个不再需要的体制，结果运气不错，轻易就达到了目的，而克罗地亚和塞尔维亚的冲突则绵延至今。

某种程度上，斯洛文尼亚摆脱了一个巨大的泥沼。这在卢布尔雅那身上表现得尤为明显。卢布尔雅那是静谧的、干净的、缓慢的、明亮的，当你走出游客区，走进卢布尔雅那人的日常生活区，那种悠然的氛围简直令人惊叹。无论从哪个层面看，卢布尔雅那都更接近中欧，而不是巴尔干。这块阿尔卑斯的山间谷地，如同整个中欧的缩影。

我钻进一家街边书店，这里有一排书架全是斯洛文尼亚作家的作品。相比于其他语言的书，这些书的价格更高，而且用斯洛文尼亚语写作意味着只能拥有很少的一部分读者，意味着辛苦写出的书很可能在书架上落满灰尘。

前南斯拉夫作家丹尼洛·契斯说，他们付出这样高昂代价的唯一目的就是为了抵抗"句法的流亡"。作为少数民族作家，他们不仅是在使用词语，他们是在运用整个存在，运用民族精神和神话，运用记忆、传统和文化来写作。对他们来说，语言就是命运——一个民族的命运。

这就是为什么诗人弗朗斯·普列舍仁的纪念碑会高高耸立在卢布尔雅那的广场上。他是第一个真正意义上用斯洛文尼亚语写作的诗人。普列舍仁的大部分诗作是爱情诗。此刻，他的缪斯尤利娅·普利米奇的半身像就在广场远端一所公寓的褐色窗户中凝望着他的雕像。不过，现实很残酷，尤利娅丝毫没有被普列舍仁的热情感动，她选择了拥有金钱和地位的商人，而不是比她大三十岁的诗人。普列舍仁依然痴心不改地为她写作，不过到了晚上，他就步行到河畔的酒吧，让烈酒和酒吧女郎抚慰他受伤的心灵。

3

我买了一本普列舍仁的英译诗集，准备在去布莱德湖的路上随手翻翻。在普列舍仁笔下，布莱德湖是一个被称为"天堂印象"的地方。布莱德湖位于卢布尔雅那的西北，是斯洛文尼亚最著名的湖泊，也是尤利安阿尔卑斯山脉脚下的度假胜地。阿尔卑斯山积雪融化的冰水和山间流淌的清泉不断注入湖中，让透明的布莱德湖看上去像是阿尔卑斯山的一滴眼泪。

湖水确实埋藏着悲伤的传说。据说一对年轻夫妇曾在湖边居住。后来，丈夫去参军，战死沙场。悲伤欲绝的妻子变卖了所有家产，铸了一口大钟，捐给湖心岛上的教堂。就在大钟装上船，从湖边运往湖心岛时，狂风掀翻了船只，大钟沉落湖底。所以直到今天，人们还能隐隐听到来自湖底的钟声。

人类究竟是出于什么样的心情，创造出这样的故事？恐怕是对美好易逝的伤感吧。就像我们到一个陌生而美丽的地方旅行，总会有那么一瞬间，心中惶然地意识到，眼前的好日子终会结束，再美丽的地方也终须一别。我们拍照片，写日记，和心爱的人一起锁上同心锁，甚至等而下之地在墙上刻下"到此一游"，无不是为了留住那转瞬即逝的美好。这样，等我们回到庸常的生活后，那些曾经的美好就会像来自湖底的钟声——脑海中挥之不去的钟声——轻轻地回荡。

在湖心岛的教堂里，的确有一口重达一百七十八公斤的大钟，是一位大主教捐给教堂的。布莱德人说，年轻的情侣们在这里敲钟许愿，能使爱情天长地久。于是，真的有很多情侣来这里许愿，湖心岛教堂也成了举行婚礼的胜地。

我走在岸边，正好看到一对新人荡着小船，驶向湖心岛。新娘的白色婚纱，映着天蓝色的湖水，格外引人注目。摄影师站在旁边的另一只小船上，对着新人不断按下快门。

从岸边码头驶向湖心岛的小船只要十欧，于是我也雇了一艘，一路荡漾过去。湖风清新，让人心旷神怡。湖水透明，一群群黑色小鱼，在眼皮底下东游西窜。到达湖心岛时，那对新人正在教堂前拍照。摄影师骤然增多了不少。原来，岛上的游客也自发加入，拿出自己的长枪短炮，起劲儿地拍起来。新人倒是颇显镇定，仿佛明星一般，在镜头前摆出各种姿势。新郎甚至抱起新娘转圈。众人纷纷退后，兵荒马乱地把相机调到连拍模式，再抢占有利位置继续拍照。湖光山色和爱情，谋杀着人们的胶卷，一切看上去都充满了喜感。只有船把式悠然地坐在船头，在阳光下眯缝着眼睛，对一切早已司空见惯。

经过长期苦旅行而彼此不讨厌的人，才可结交做朋友。结婚以后的蜜月旅行是次序颠倒的，应该先同旅行一个月，一个月舟车仆仆以后，双方还没有彼此看破，彼此厌恶，还没有吵嘴翻脸，还要维持原来的婚约，这种夫妇保证不会离婚。

——钱锺书，《围城》

这时，几个水淋淋的年轻男女从湖里爬了上来，他们大概是从岸边径直游泳过来的。他们东张西望地看着热闹，想跟随参加婚礼的人群一起进入教堂，结果被工作人员拦了下来。

"对不起，衣着不整不能入内。"

这些人都穿着泳衣，头发滴着水。"行行好吧，我们好不容易才游过来的。"

"教堂的规定，我也爱莫能助，抱歉。"

几个人窃窃私语，似乎在商量是不是游回去拿衣服，最后他们走向岸边的船把式。

"划回对岸多少钱？"

"十欧一位。"船把式以一种老练的口吻说。

几个人又是一阵嘀咕。最后大部分人选择上船，只有一个小伙子奋勇地跳进湖里，孤独地向对岸游去。

对岸是一处沙滩，很多人趴在上面晒日光浴。抬头就能看见碧蓝的湖水和雄伟的阿尔卑斯山。此时，晴空万里，纤云也无，感觉阿尔卑斯山离眼很近，近到连每一条藏青色的褶皱都清晰可见。小码头上停靠着一艘游艇，但主人不见踪影，只有几只野鸭在附近觅食。湖上，有人划着皮划艇驶过，速度极快，如飞出的箭头。

我也在沙滩上找了一块空地，铺上浴巾，在散发着润肤油香味的空气中，感到自己像一滴水融入了明亮的大湖。几个自行车运动员正在阿尔卑斯的山间公路上骑行，我的目光追随着他们。在大山面前，人类就是那些移动的小点。渺小固然渺小，却也有足够的天地任由自己驰骋。

周围不时会安静下来，这时就能听到游泳者打水的闷响，一下又一下，仿佛真有钟声从湖底传来。我的心情相当舒畅，从书包里拿出从卢布尔雅那带来的烤肠、奶酪和啤酒——这就是一顿午餐。

在欧洲旅行已经三个月了，我愈加感到旅行就像一种时空的延宕，一种美妙的拖延症。在有限的日子里，我们伪装成另外一个自己，或许是一个更好的自己，或许只是一个不同的自己，而拖延着重新做回真正自己的时间。旅行中，我们可以假装更年轻、更富有、更贫穷、更浪漫、更玩世不恭。我们随心所欲地改装自己，选取一件外衣、一个身份，却不会遭人指责："这根本不是你！"因为旅行说到底是一次改头换面、重新做人的机会，是一场逃脱——逃脱来自生活本身的重负。

我小口地呷着啤酒，心中了无所托，却并不急迫。我干完了所有该干的事，而这个世界并未要求我再去做什么。我躺在沙滩上，几乎丧失了时间概念。因为在布莱德，没有人看表，手机也成了身外赘物。直到日影开始西斜，我才意识到该赶回卢布尔雅那了。

我沿着湖边走到镇上。车站里有几个日本人，看上去像利用暑假来欧洲旅行的学生。接着，又来了一对英国夫妇，怀里抱着冲浪板。我们都坐在车站前的长椅上，一言不发，仿佛被湖水吸走了一切交谈的欲望。车站也不像车站，更像是郊外的公交站，有一种很久才来一趟车的悲剧意味。

到处都有痛苦，而比痛苦更为持久且尖利伤人的是等车。就在我们默默苦等的时候，一个开铃木小面包的斯洛文尼亚大叔走了过来。

"今天的车晚点了。"他以一种热情而不失客观的语气说。

"怎么回事？"

"经常晚点，这里可不是德国。"

然后他拍拍胸脯："我可以拉你们回去，一路高速，车上有音乐，四十分钟到达。"

"多少钱？"

"八欧，每人。"

价格并不比巴士贵多少，而且还有音乐。于是，我们都钻了进去。车门沉重地关上，引擎一声长啸，小铃木向着卢布尔雅那沉甸甸地飞去。

大叔并不是出租车司机，而是顺道赚点钱的黑车司机，这自然是早已料到的。就像全世界所有的黑车司机一样，他有一辆能跑的旧车，也知道在哪里可以找到等不来车的绝望旅客。不过，我还是感到庆幸：如果一切如大叔承诺的，我至少可以比坐巴士提前一小时回到卢布尔雅那。而且，目前情况尚好，小铃木已经蹿上高速，大叔也打开了音响，从里面流淌出来的是贝多芬的《命运交响曲》，那充满力量的节奏撞击着心扉。一时间，大家都被撞得屏气凝神。

"高速公路，音乐。"大叔自豪地对坐在副驾驶的日本男青年说。

"太妙了！"日本青年应和道，也不知道他指的是高速公路还是音乐。

"日本人？"

"是的。"

"日本车的质量很好。这辆车我开了十年，从没修过。"

质量，十年，从没修过……我在心里默默念叨着，意识到对这辆车来说《命运交响曲》是多么应景。

"等这辆车报废了，大概还会选择日本车。"

"哈！很好！"日本青年说。

由于英国夫妇坐在最后，日本青年的英文又不佳，谈话终于像一小段点燃的湿木头，冒了两下烟就熄灭了。车里变得很安静，大叔随着音乐吹起口哨。斯洛文尼亚的乡村景色在窗外飞逝。夕阳中，路旁的行道树分外挺拔，宛如世界的刻度，向着远方，向着无限，延展开去。

小铃木，加油！

真的，四十分钟以后，小铃木不负众望地停在了卢布尔雅那车站门口，伴随着《命运交响曲》激动人心的结尾。我的心情也同样激动。

坐在副驾驶的日本青年付了所有日本人的车费，我付了自己的，英国夫妇拍出二十大欧，并说不用找了。大叔很高兴，点上一根烟，说今天可以提早收工回家了。

此刻，大片火烧云渲染着城市，卢布尔雅那的街道一片绯红。车站外停着汽车、巴士，还站着几个旅馆的接待员——真像一座乡村小城。

我沿着街道，一路走向河畔广场，经过市政厅和遍植法国梧桐的街心花园。小喷泉在恣意喷水，几个年轻人在喷泉下弹琴。在广场的一家露天冷饮店，我坐了下来。每个人桌上都有一份鸡尾酒杯装的冰激凌。我也买了一份。

　　我很高兴——在这个卢布尔雅那的黄昏，我和周围的人一模一样，没有任何不同。

第七章
酒吧过夜，民工大巴，米兰告别

1

我打算搭乘直航班机飞回德国汉堡。从卢布尔雅那飞汉堡的唯一方法是先向东飞到伊斯坦布尔，再转机。不用说，除非女友是土耳其空姐，否则不会有人选择这种走法。我查看地图，寻找和卢布尔雅那相对较近，又有直航汉堡的城市。

——米兰，轻松胜出。

接下来，我在欧洲巴士公司的网站上订了从卢布尔雅那到米兰的车票（对不起，没有火车）。这辆大巴从罗马尼亚首都布加勒斯特开出，到达卢布尔雅那是次日凌晨5点30分。我已经很久没有这么早起床了，也很久没有通宵熬夜了。代表起床和熬夜的两个小人在脑袋里打了一架，熬夜的小人获胜。于是，我决定在酒吧里度过卢布尔雅那的最后一夜。

从布莱德回来，已是日暮时分。晚饭去吃了实实在在却无甚特色的比萨饼。在中欧旅行期间，这是第二回吃比萨饼。虽然到处都是比萨饼，但不知为何，总是想不起来。这次，我一个人坐在吧台前，要了海鲜比萨饼和生啤酒。这家的比萨饼做得不坏，生啤酒也够凉。吃完比萨饼，喝完啤酒，还有大把时间，便趁着夜色在卢布尔雅那闲逛。

　　夜晚的天气有点凉，不过走起来就暖和了。我走过河畔热火朝天的餐馆，经过彻夜明亮的橱窗，进入小巷，朝着城堡山的山顶进发。整个卢布尔雅那，大晚上爬山的人，恐怕仅我一个。小巷空无一人，一只从树影下溜过的猫见到我愣了一下，接着"嗖"的一声跑了。一路上经过很多房子，可不知何故，竟没有一间是亮着灯的。只有街灯昏黄地照亮属于自己的一小块领地，而把其余的世界慷慨地交给黑暗。我沿着石板路往山上走，只能听到自己的呼吸声。

　　到了山上，连路灯也没了，幽深的小巷一片漆黑，每一个拐角仿佛都藏着什么。我决定偃旗息鼓。毕竟要走的人了，最好老实一点。

　　我默默下山，回到刚才经过的一座瞭望台。那只猫又出现了，或者是另外一只也未可知。这一次，它不再害怕，壮起胆谨慎地盯着我，仿佛在想：这小子究竟在这里干嘛？

　　我站在瞭望台上，山下的卢布尔雅那映入眼底。此刻，我才形象地看到，卢布尔雅那果然只是山坳间的一座小城。只有那小小的一块洼地灯火通明，其余地方全都一片黑暗——无穷无尽的黑暗。不远处是一座教堂，哥特尖顶影影绰绰地直刺夜空。我想，教堂的功能大概就是让人们在这无边的黑暗里，感到一点点活下去的希望吧。

我侧耳倾听，只听到风在山谷间呼啸。宝蓝色的天空中，灰色的云朵在迅疾游动。我想起格斯·范·桑特的电影《大象》的片头部分，想起潜伏于世界的暴力。这个瞭望台像是枪手练枪的地方，也像是警察发现无名死尸的地方。我想，我还是尽快回到人间为好。

2

入夜以后，卢布尔雅那的生活就慢慢地朝着酒吧倾斜。回到这样亲切的世界里，或者说，见到成群的人，我感到非常满足。情侣们对着烛光小酌葡萄酒，一群男女在兴致勃勃地打牌。一个人旅行，有时候会神经过敏，比如见到这样的情景就难免觉得寂寞。不过一杯啤酒下肚，听着酒吧里的轻摇滚，我更多感到的是长途旅行即将结束时的失落。我回想着柏林出发那天的情景，回想着德累斯顿的夕阳，回想着布拉格的三姐妹。我像倒线头一般，逐一回想路上的见闻……那像是很久以前的事了。那时的我和现在的我有什么不同？或者说，旅行究竟在何种程度上改变了我？

我相信，至少是理论上，旅行或多或少会改变一个人。会使那个人朝着更宽容，更理性，对世界的理解更全面的方向迈进几步。至于到底是几步，那就要看每个人的天赋和修养了。但毫无疑问，这向前迈出的几步就是旅行的意义，也是活着的意义。

遗憾的是，我在酒吧里还不能确定这些。虽然旅途中的细节还历历在目，可我知道，记忆就像空中的气球，早晚有一天会飞出视野。我所能做的，只有趁着这些细节还鲜活，把它们尽量完整地移植到纸上。归根结底，只有通过这样笨重的体力劳动，才能让轻盈的旅行变得切身，而不至于变成一阵缥缈的炊烟。

我就趴在酒吧的桌子上开始写作。不是真正地写作，而是把旅途中的笔记补充完整。我知道，一个男人在深夜的酒吧里奋笔疾书，很可能被人侧目。但在这家车站对面、通宵营业的酒吧里，也实在找不出什么更有意思的事做。写笔记之余，我喝着啤酒，不时环顾四周。酒吧像刚刚被狼掏空内脏的动物残骸，空空荡荡。酒保站在门口抽烟，一个同样等车的男人缩在角落里打盹，吧台上扔着两本色情杂志，已经被无数寂寞之手翻得快要散架。罢了，卢布尔雅那的夜！

5点20分，天还黑着。我拖着行李走出酒吧，看到大巴已停在路边。我问在车下抽烟的罗马尼亚司机："这是去米兰的车吗？"因为我看到车里睡得横七竖八，完全是一副屌丝专列的样子，丝毫没有欧洲巴士公司的感觉。司机深深地抽了口烟，仿佛之前憋了太久："米兰、马赛。"我再次震惊了。想不到这辆平凡普通的坐席大巴竟然要从罗马尼亚一路开到法国——这至少是三天三夜的路程。

可是事到如今，已经没的选择。我硬着头皮上车，车厢里的浑浊空气，让我脆弱敏感的神经轻微崩溃了。昏暗中，我慌乱地寻找座位。那些盖着毛毯、蜷缩在座位上的肉体，仿佛无名无姓。车厢里洋溢着此起彼伏的鼾声，就像走进了夏天的池塘。我摇醒一位睡得正酣的大叔，他把脚丫移开，塞回皮鞋，我好歹侧身坐了下来。我戴上耳机，抵挡鼾声。我相信，只要再坚持一会儿，连空气也闻不出异样。多亏一夜没睡，车一开，我就晃晃悠悠地睡着了。也许，人就是这么能伸能屈的动物！

再睁开眼时，天已大亮。大巴正奔驰在高速公路上。理论上，我已经进入意大利，可风景依然荒凉，路边只是无休无止的荒地和工厂。我的前面是一位戴着黄色假发的姑娘，身旁的大叔正出神地望着窗外。不用说，这些罗马尼亚人都是去意大利和法国打工的。对他们来说，迁徙是一种生存方式，只有背井离乡，生活才有彻底改观的希望。

我的脑海中浮现出这样的景象：在强烈的阳光下，一辆载着罗马尼亚民工和中国旅行者的大巴，正飞驰在前往米兰和马赛的路上。这是一幅多么超现实的画面啊！一时间，我心中涌起一股冲动，很想跟着这些罗马尼亚人到法国去，看看他们在那里怎样生活，有着怎样的喜怒哀乐。但是冲动毕竟只是冲动，六小时后，我不得不怀着略感遗憾的心情在米兰下车了。

3

我在米兰住得格外好。旅馆位于老城区，有俯瞰街景的阳台，有免费的咖啡和点心，而且交通便利。我洗了个热水澡，换上干净的牛仔裤和POLO衫，自己动手在厨房里磨了咖啡，吃了点心，终于感到满血复活。

下午无事可做，于是就上街随便走走。正是一年中最热的时节，意大利的中产阶级大都出城避暑，街上几乎看不到车辆。倒是在普拉达店里看到很多中国同胞，听到其中一个人问另一个："你看到周处长了吗？"另一个回答："好像在劳力士手表店吧。"

傍晚，我去吃了意大利菜，从餐前酒到饭后咖啡，一应俱全。之后，我回旅馆，边写笔记边喝基安蒂红酒。

入夜后，旅馆周边的住宅几乎都黑着灯。只有一些妓女还三五成群地站在街角，不时有人开车过来打望，合适的就上车带走。有些年轻好看的，已经被带走了两三次，而那些年老色衰的只好一直站在那里。后来，这些人干脆放弃了工作，去小商店买了啤酒，坐在路边的长椅上聊天。

她们在聊什么呢？聊她们已经告别的生活？聊她们留在远方的丈夫？

我站在阳台上，俯瞰着米兰。夜深了，天气依旧闷热。世界如一个不知疲倦的士兵，按照自己的意志行军，丝毫不以观众为意。

Ciao！再见吧！

虽然说再见就是死去一点点，正如雷蒙德·钱德勒所言。

下部　冬

第一章

古树茶，故乡在塞尔维亚，撒旦的探戈

1

我总是梦见布达佩斯，总是想回到那些房屋和街道。

在梦里，我总是作为某种被召唤物而存在，如同神话里失神倾听塞壬歌声的水手。那歌声似乎从遥远的地方、遥远的时间传来，微弱而持久。我却可以清晰地分辨出其中的鸽哨声、咖啡馆的杯盘声和电车的喧嚣声。我像摇篮曲中的婴儿，栖息在这歌声里。我知道，某种程度上，这歌也是为我而唱。

一觉醒来，飞机已经开始下降。周围是陌生的面孔，陌生的语言。这架威兹航空的班机从罗马飞往布达佩斯，因是廉价航空，不提供餐食饮料，穿紫色套装的空姐也不必微笑。圣诞前夜，机上大都是回家过年的匈牙利人。大概在意大利待久了，也沾染了意大利人的习性：当飞机降落在李斯特·费伦茨机场跑

道的瞬间，机舱里爆发出一阵掌声和欢呼声。

"Bravo！"

我看了看表，正是午夜 12 点，扩音器里流淌出李斯特的钢琴曲，舷窗外是昏黄的路灯、阴郁的广告牌。穿着厚重大衣的搬运工坐在行李车上，吐气成雾，面无表情地看着飞机入港。

在这样的冬夜，这样的情形下进入布达佩斯，确实不够激动人心。拉着箱子出站，用信用卡支付了机场小巴的费用，它载着我一头扎进寥落的市郊。光秃的行道树，低矮的天际线，晃动的霓虹灯……萧索的景象直到进入市区才突然改观——我又一次看到奥匈帝国时期的庞大建筑、诱人的酒吧招牌、飞驰而过的电车。

距上次造访，已是一年有余，我试图分辨眼前的一切，但记忆突然短路：深夜的城市竟与白昼迥然不同。更何况上次来是夏日，而此刻已是深冬。

到了旅舍，被彬彬有礼的司机抛在路边，寒风中敲那扇紧闭的铁门，半晌无人应。正怀疑司机找错了地方，门忽然裂开一道缝，一个睡眼惺忪的匈牙利少女，穿着粉红色睡衣，光着脚。

"那个……有预订。"我赶紧满怀歉意地说。

少女放我进来，"啪"地打开账本，一声不响地登记。之后，二话不说回房继续睡觉，仿佛只是一次例行公事的梦游。在她眼里，我恐怕只是一个虚构之物，一个擅自闯入梦境的不速之客。

室中僻静。我倒在床上，望着高高的天花板，享受那恍惚而美好的时空错位感——这是旅行中最惬意的片刻。

窗外，布达佩斯轻轻晃动。

2

布达佩斯轻轻晃动，像杯中的托卡伊贵腐葡萄酒，金黄明亮，带着蜂蜜的芬芳。第二天一早，当我步行走过伊丽莎白大桥，去往位于布达一侧的盖莱特温泉时，我惊喜地发现，布达佩斯依然如我夏天来时一样弥漫着帝国气息。

青灰色的多瑙河是如此宁静，皇宫和渔夫堡偃卧在云层压顶的城堡山上。一艘游轮缓缓割破平静的水面，逆流向维也纳的方向驶去，两侧的波纹，如人字形的大雁。我站在桥上，口中吹着勃拉姆斯《第五号匈牙利舞曲》的调子，注视着这一切。天色微微发青，一个穿着黑色风衣的垂钓者，凝视着水中的浮漂，风掀动着他脚下黄色的落叶。这幅帝国末年的景象，似乎永远定格在这里。

有些城市会不断衰老，有些城市永远年轻，而布达佩斯则永远定格在某一时期。它的容颜并不随时间而改变。

铁索桥、城堡山、安德拉什大街、歌剧院、英雄广场、纽约咖啡馆，甚至那条著名的黄色地下铁——我如今能想到的一切地标，在 20 世纪初的布达佩斯都已存在。这是不是也让你感到惊奇？

我要去的温泉就在盖莱特山脚下，公元前 35 年，罗马人曾把这里当作潘诺尼亚行省的首府。他们一定羡慕此刻站在大桥上的我，因为即便作为强大的征服者，罗马人也绝少能够跨过多瑙河。

几个世纪以来，多瑙河的左岸都是罗马帝国最北方的边界。换句话说，盖莱特温泉处在罗马帝国的疆域里，而与它隔河相望的布达佩斯经济大学则属于帝国之外的蛮夷之地。

多瑙河就如同长城，造就的是两个世界的分野。当时，任何胆敢从布达一侧跨过多瑙河前往佩斯一侧的行为，都等同于前途莫测的冒险，意味着从罗马帝国舒适的文明世界，进入蛮族居住的不化之地。

我沿着盖莱特山的小路，拾级而上，地上铺满了落叶。夏天时，这里一片葱绿，从多瑙河上吹过来的河风，轻柔地拂过每个人的面孔。我看到盖莱特主教的青铜雕像伫立在山间，右手高举十字架，左手怀抱《圣经》，俯视着自己殉教的多瑙河。山顶手持棕榈枝的自由女神像，是为庆祝苏军解放匈牙利而修建，原名解放纪念塔。然而匈牙利和俄国的敌对由来已久。1956 年和 1992 年，解放纪念塔两次险遭拆毁，后来改名自由女神像，才被保留下来。

布达佩斯从不缺乏惊心动魄的故事，更不缺乏旖旎多姿的风景。当我站在盖莱特山的观景台，河对岸的佩斯如同清明上河图的长卷在眼前展开。那边是国会大厦，这边是格雷沙姆宫四季酒店，再往东一点就是著名的瓦茨大街，我曾在街上的盖博德咖啡馆度过夏日漫长的午后。

那艘游轮依然像夏天一样停泊在岸边，上面有布达佩斯最出名的爵士乐酒吧。我还记得，一天晚上，我步行经过索菲特酒店，布达佩斯的流莺们立刻围上来，操着刻意的美式英语和我搭讪。

如今，记忆与眼前的风景交织，不由让人感叹。简·莫里斯说："故地重游，是否值得？"是的，布达佩斯是我早想回来的地方。

我买了门票，进入盖莱特温泉。新古典主义的建筑，仿古希腊的浮雕，泡的是浓郁的文化和历史感，就温泉本身来说则乏善可陈。室外温泉池因故完全封闭，所有人都挤在室内面积不大的池子里。察言观色，大多是来自不同国度的游客。大家围坐一圈，面面相觑，仿佛联合国扩大会议。水是三十六摄氏度的温暾水，泡着勉强不冷，但没什么畅快之感。我只泡了半小时就出去了。走出大门，外面已下起淅淅沥沥的小雨。阴雨中的布达佩斯，仿佛黑白胶片电影，流审着银鱼似的线条，耳畔是雨水时轻时重的叹息。

相比很多欧洲城市，布达佩斯还算年轻。中世纪时，布达勉强可以称为城镇，而佩斯依然是半开化的渔村。1241 年，布达、佩斯同时被蒙古铁骑践踏。15世纪下半叶，国王马提亚斯在布达的城堡山建造了文艺复兴风格的皇宫，但没过多久就被奥斯曼土耳其人攻陷。大约一个半世纪后，当哈布斯堡王朝的军队重新解放布达时，这里的人口不足一万三千人，而佩斯勉强超过四千人。

布达佩斯最辉煌的时刻，无疑属于奥匈帝国时代。1896年6月的一天，布达佩斯教堂的钟声齐鸣，奥匈帝国的皇帝约瑟夫偕夫人伊丽莎白从维也纳赶来，参加纪念匈牙利建国一千周年的庆典。他们的儿媳斯蒂芬妮公主用柯达相机记录了当时的情景。照片中，约瑟夫身着匈牙利戎装，伊丽莎白则面带高贵的微笑。我仿佛可以听见礼炮齐鸣、鼓乐奏响。

在匈籍历史学家约翰·卢卡奇的《布达佩斯1900：城市与文化的历史画像》一书中，我看到了这些老照片。当时，我冒雨走到位于佩斯的博物馆街，这里集中了大量的古旧书店。

卢卡奇生于布达佩斯，1946年流亡美国，在哥伦比亚大学任教。那时正是布达佩斯最惨淡的年代，他以怀旧的笔调描摹这座城市曾有的辉煌，它的声音、气味、五湖四海的移民、文人、画家、革命者、咖啡馆里的辩论、歌剧院里的咏叹调……

一座城市的外貌改变得比人心还快。

——波德莱尔，《天鹅》

我想，布达佩斯或许是一个例外。它永远怀念初恋，因为那段恋情太过刻骨，经过时间的洗礼，更显珍贵。

那天晚上，我下榻正对铁索桥的格雷沙姆宫四季酒店。这座 1906 年的建筑，正是帝国时代的隐喻。它最初作为格雷沙姆保险公司的海外总部，二战时成为苏联红军的兵营，自此常年荒废。2001 年被一家爱尔兰公司收购后，交由四季酒店集团管理，酒店于 2004 年开业。

我坐在餐厅的落地窗前，望着夜幕下的城市：打伞而过的路人，穿黑色大衣的侍者，淋湿的街道荡漾着路灯和霓虹。我点了托卡伊葡萄酒腌制的鹅肝，喝着酩悦香槟……我知道在这里，我仍可像当年的人们一样用餐。回到房间，我将在帝国的酣梦里入睡。

3

我向来乐于自由探寻某座城市，而不喜欢按图索骥地参观景点，所以我选择随意漫步在布达佩斯的街头。

我沿着佩斯一侧的河岸向西走去，在城市的边缘，走进一家小酒馆。一个栗色头发的中年女人在打老虎机，两个秃顶的中年男人在醉眼迷离地喝啤酒。在我看来，世上的醉汉分为两种，早上的醉汉和晚上的醉汉，两者的性质截然不同。晚上的醉汉各种各样，而只有早上的醉汉才是真正热爱饮酒的人。只有他们才能被称为真正的酒鬼。作家雷蒙德·卡佛、雷蒙德·钱德勒、赫拉巴尔都属于这一类。或许正因如此，我对酒鬼总是报以真诚的热情。

我坐下来，要了一杯啤酒，边喝边注视着两个醉汉。他们的目光里有一层迷雾，像这个世界一样让人捉摸不透。一个醉汉摇晃着站起来，走向点唱机，摸出一枚硬币，点了首什么。熟悉的旋律响了起来，是甲壳虫乐队的《昨天》。气氛如此怀旧，不禁让人动容。

走出小酒馆，我跳上一辆有轨电车。它穿过城市，到达曾经的犹太区。二战时，布达佩斯的犹太人还算幸运，他们最初并未遭受大规模迫害。直到二战结束前十个月，一半的犹太人口被送进奥斯维辛集中营。幸运当然只是相对而言。走在犹太区，看着街边如今琳琅满目的零售店、酒吧、餐厅、画廊，谁又能想象出二十万犹太人曾经被强制塞进这里的两千间住房？

这时，我的目光突然被一家小店吸引。它是一家茶店，墙上挂着中国山水画，有着古色古香的装潢。我发现，店主是一位三十多岁的匈牙利女士，留着短发，眼神中充满东方神秘主义气息。她带我参观她的茶室和工夫茶具，然后拿出她收藏的各种中国茶，从西藏的茶砖、云南的生熟普洱，到武夷山的大红袍、安徽的猴魁，无所不有。她是软件程序员，开茶店纯属个人爱好。为了寻茶，她甚至只身到过西双版纳和临沧。

"我想找到传说中的普洱古树茶。"她对我说。

"找到了？"

"我去了易武山和大雪山，"她边说边拿出一枚云南七子饼，用茶针分开一些茶叶给我看，"这是我在易武找到的古树茶。"

看了茶叶，我知道这并非古树茶。虽然易武在清代是重要的普洱茶产地，但在动荡的 20 世纪一直处于荒废状态。我曾去那里采访，知道在近年普洱茶热之后，农民才开始恢复种茶。早年的茶园，在"大跃进"时就被开垦成了橡胶林。

"你应该去景迈山寻找古树茶，那里是中国和缅甸的交界，一直居住着少数民族，在较高的山里可能还有古茶树存在。"我对她说。

我们一起喝着云南七子饼。虽然不是古树茶，但能在遥远的匈牙利喝到普洱，还有什么好抱怨的呢？

我问她更喜欢生普洱还是熟普洱。

"生普洱。"她的目光闪动，"每次喝生普洱都能感到自己的感官被打开——尤其是大雪山的生普洱。"

一个高大的匈牙利小伙子带着女友进来喝茶。店主告诉我，小伙子在学习中医。

"刚完成三年的理论学习，马上要到哈尔滨进修一年啦！"小伙子对我说。

一个匈牙利小伙子去哈尔滨学习中医——这听起来更像是一次探险。

"为什么是哈尔滨呢？"我问。

"听说那里的气候和匈牙利很像。"小伙子搔着头皮说。

透过茶店的窗户，我看到布达佩斯冬日的阳光在街上跳跃。这差不多是布达佩斯最冷的月份，气温在零上三摄氏度左右，而此时的哈尔滨大概是零下三十摄氏度。

我没敢打击小伙子学习中医的热情，只是问他学成归国后有何打算。因为我知道，中医在匈牙利还未获得行医许可，更像一种古代巫术。

"去东方大学中医系，"小伙子淡定地喝了口茶说，"教书。"

从茶店出来，我重新朝多瑙河的方向走去。经过伊丽莎白广场时，我看到了迈克尔·杰克逊当年亲手种下的松树。很多年过去了，树上仍然挂满杰克逊的照片和歌迷的祝福。一个中年妇女在树下放下一束鲜花，然后转身离去。她穿着制服，拎着坤包，大概是在上班途中顺路过来的。

对于那一代匈牙利人来说，迈克尔·杰克逊代表着对美国文化的想象，甚至是对"西方"的想象。因为铁幕粗暴地把"中欧"这一概念取消了，使匈牙利、东德、捷克斯洛伐克、波兰成了与美国和西欧对立的"东欧"。

我走在伊丽莎白广场上，想象着布达佩斯市民热情似火地挤在街头，欢呼着一个美国黑人的名字。类似的情景，只有1956年抗击苏联坦克入侵时才有——生动而又充满讽刺的对比。

4

旅行中最大的不确定性，不是抵达，而是如何抵达。但我们似乎早已习惯了旅行作家掷地有声地开门见山：

> 我们坐在万德罗博猎人们在盐碱地边用大小树枝搭成的埋伏处，听见了卡车驶来的声音。
>
> ——海明威，《非洲的青山》

这是海明威记叙东非狩猎之旅的开篇一句，可他是如何抵达的呢？

1933 年 8 月 7 日，海明威与第二任妻子波琳·菲佛接受波琳叔叔的资助，从哈瓦那坐船到达西班牙的桑坦德，两个月后抵达巴黎。11 月 22 日，他们乘坐"梅津格尔将军号"从马赛出发，于 12 月 8 日抵达肯尼亚的蒙巴萨港。在那里，海明威雇用了白人猎手、当地向导和脚夫，组成一支游猎队，正式开启了东非的狩猎之旅。

我相信，如果海明威把他如何抵达的过程写出来，会和抵达后的经历一样有趣。因为说到底，旅行或者人生，就是一次次解决如何抵达的生命过程。

这一次，除了布达佩斯，我还想去一些相对陌生的地方——想去看看贝拉·塔尔电影里的匈牙利大平原，想去看看冬天的巴拉顿湖，想去与前南斯拉夫接壤的边境城市，想去与斯洛伐克比邻的东北部山区。

然而，正值年末，整个欧洲的交通、餐饮、商店都处于一种不确定的状态，我只能在众多不确定中找到一个确定的方法。

我决定租车。一方面，中欧的公路网十分发达，路况也不错，而且只要有一张国内驾照的翻译件，任何租车行都向你敞开大门；另一方面，那些偏僻的地方，公共交通稀少，只有自己开车才能相对容易地抵达。

我在伊丽莎白大桥畔的赫兹车行，租得一辆崭新的黑色手动挡的大众 Polo。检查完车况，办完手续，把 GPS 固定在挡风玻璃上，正是匈牙利时间上午 11 点 10 分。

前日的几场冷雨，一度使布达佩斯的街景萧瑟不少，然而这天突然放晴，阳光明媚得恍如奥匈帝国时的春日。我看到多瑙河像一条发光的绸带缓缓流动。街上的人们依旧穿着笔挺的大衣，叮个冉把扣子扣住，围巾也敞开，随意搭在脖子上。

我的目的地是匈牙利南部城市佩奇。这里距克罗地亚和塞尔维亚不远，曾是罗马帝国的边疆，也被蒙古人的铁骑蹂躏过，后来又被土耳其人统治了一个半世纪之久。它距离布达佩斯两百多公里，即便在过去，也不过是马匹一天的脚程，可却给人一种身处两个世界的感觉。

驾驶着 Polo 出城，便进入了广阔的匈牙利平原。视野所及，甚至能感觉到地球表面轻微的弧度。窗外是被拖拉机犁过的赤裸泥土，像凝固的浪花一样翻开，间或有白色积雪覆盖在上面，形成强烈的黑白对比。平原上的树木早已落光枝叶，叉手叉脚地立着，如同被工匠统一修剪过，成为天际线上潦草的笔画。

路很好，车极少，完全看不到人迹，只有一些农人的小房子散落在平原上，成为文明存在的证据。

我拧开广播，调到一个叫"巴托克"的古典音乐频道，它以匈牙利作曲家巴托克的名字命名。巴托克出生在匈牙利东部，那里在一战后被割让给了罗马尼亚。年轻时，他在布达佩斯的李斯特音乐学院学习作曲。那时候该是 19 世纪的末尾，也是布达佩斯乃至整个匈牙利最辉煌的时代。他和志同道合的柯达伊相识，共同致力于收集匈牙利的民间音乐。

巴托克在布达佩斯执教近三十年，直到二战爆发，才流亡美国。他在哥伦比亚大学谋得一职，可却贫病交加。直到生命的最后时刻，还在赶写那首《第三钢琴协奏曲》，为的是在自己死后，妻子能以钢琴家的身份，享有此曲演出的独奏专利。《第三钢琴协奏曲》有很强的匈牙利民间音乐的旋律感，充满了思乡之情，它的源泉就来自我眼前的这片土地。

高中时我便买过包含这首协奏曲的唱片，可对旋律已毫无印象。如今再听，却发现它竟然不那么"巴托克"。没有巴托克的激进、狂躁，甚至刺耳，反而如同流淌在匈牙利平原上的涓涓溪流。

他躲在纽约公寓里创作此曲时，一定也听闻了苏德军队在布达佩斯展开巷战的消息，也一定听到了伊丽莎白大桥在炮火中轰然坠落的声响。那钢琴的音符如泣如诉，明明就像电影中凭吊遗迹时使用的慢镜头，像老人抚摸童年恋人的旧衣裳。

我很难说自己喜欢过巴托克，可行驶在匈牙利平原上，听着巴托克却感觉胸口一热。在这无边的大平原上，我的 Polo 车一定如玩具一般渺小，可我仿佛感到它随着巴托克的音符缓缓起伏，随着大地的坡度迅疾滑动。

5

开始翻越梅切克山，正是这座山阻挡了北方的寒流，让佩奇形成了一种相对温暖的小气候。从 M6 高速下来，路变成了双向单行车道，在空旷的平原上蜿蜒向前。路边是荒草、枯树，更远处是成片成片的树林。阳光无比强烈，一种曝光过度的白。迎面而来的汽车大都是十多年前的老款。开着开着，我感到自己正在穿越一条时光隧道，回到过去，回到记忆深处。我知道，到了佩奇就离前南斯拉夫的边境不远了。

1999 年，我参加学校组织的反美大游行，抗议美军战机轰炸中国驻南联盟使馆。那次被称为"误炸"的轰炸，导致了几名使馆人员和新华社记者的死亡。我随着人群喊着口号，一种被点燃的情绪飘浮在空中，空气几乎凝滞，有股铁锈的腥味。

我所行驶的这片土地同样被仇恨和愤怒点燃过。1914年夏天，奥匈帝国的皇储斐迪南大公在南斯拉夫遇刺身亡，第一次世界大战由此爆发。四年后，奥匈帝国解体。随后的《巴黎和约》将匈牙利三分之二的领土分给了南斯拉夫、罗马尼亚和捷克斯洛伐克。那一天，匈牙利全国商店关门，交通停滞，黑旗飘荡，教堂的钟声如同悲鸣。

　　并非感叹匈牙利今非昔比的命运，我感兴趣的是生活在这片土地上的人经历过怎样的情感变迁。他们生活在看不见的国境线的这一侧或那一侧，情感和命运也因此迥然不同。我想起希腊导演安哲罗普洛斯的电影《永恒和一日》，里面拍摄了希腊与阿尔巴尼亚边境线上的电网。一具具挂在上面企图挣扎离开的尸体，宛如渴望自由灵魂的躯壳。

　　在布达佩斯英雄广场旁的艺术宫，我看过一个短片，拍摄一位匈牙利裔的塞尔维亚艺术家坐通勤火车过境。每次，他都在火车过境时进入洗手间，让同一泡尿液撒在两个国家的土地上。

　　　总有一天，边境和城墙会沦为风景和笑谈。

　　　　　　　　　　　　　　　　　　——E.M.齐奥朗

　　就像环绕佩奇老城的城墙，原本是为了阻挡蒙古人而建，可最终无法阻挡任何人。如今，城墙上裸露着土黄色的石块，杂草随风飘摇。夕阳下，城墙显得残破不堪，有一种被时间遗弃的美感。

我住的旅舍就在城墙外一条僻静的巷子里，主人是一位上了年纪的老妇，殷勤友善，但不会讲英语。房间干净，配备宜家家具、茶炊和餐具，墙上挂着几幅梵高的仿制品和一张前南斯拉夫地图，看印制时间是 20 世纪 80 年代末。

我随口问老人，为什么会有这么一幅地图，可她搞不清我的意思。我微笑着打算放弃，可老人突然退回房间，拿出一部手机。手机是诺基亚黑白屏，和我路上看到的汽车一样古老。她拨了一个号码，以极快的语速说了些什么，然后把手机递给我。

"你好。"一个少女的声音。

"你好……"看着老人的笑容，我一时不知该说些什么。

"我想……你是她的女儿吧？"我笨拙地搭话。

"孙女。"电话那边说，"有什么事可以为您效劳？"

"没什么……其实只是想知道，房间的墙上为什么挂着 幅南斯拉夫地图？"

电话那头一阵沉默。

"我奶奶是从南斯拉夫过来的，"少女缓缓说道，"1999 年。"

1999 年，那正是我参加游行的年代，也正是科索沃战争如火如荼之时。我想，他们一定是那时逃到匈牙利的南斯拉夫难民。

"不好意思，只是随便问一下。"我说，"非常感谢。"

我把"烫山芋"还给老人，她们继续在电话里说着什么。

老人点点头，然后挂了手机。

有那么一阵，我和老人面面相觑，除了微笑，似乎也没有别的选择。老人倚过身子，手指循着地图滑动。她指着一个地点，转头对我说了句什么。

——那是塞尔维亚北部的一座城市。

我想，老人在对我说，那里是她的故乡。

6

天几乎完全黑了。我沿城墙而行，但看不到一个路人。昏黄的路灯下，晃动着一些阴影，让我感觉又冷又饿，仿佛走在一座被遗弃的中世纪古城。

前面有一处灯火闪烁——可能是一个酒吧或一家餐厅——一个能看到人的地方。我走过去才发现，原来只是一家帽子店，橱窗亮着灯，却已关门大吉。

在这里，中国的城市经验几乎毫无用处。与中国城市相比，这座匈牙利第五大城市似乎太小也太安静。没有旧城改造，没有摩天大楼，没有广场舞。

我沿着卵石铺地的巷子，朝更深处走。周围一片漆黑，我能听到自己的脚步声，带着虚假的勇气。走着走着，我差不多确定自己迷路了，迷失在这座边境城市，迷失在夜色中。我突然很想吃点什么，或者喝上一杯掺苏打水的威士忌——如果可以的话。我还没有如此渴望过见到自己的同类。

我走到小巷尽头，拐了两个弯，突然豁然开朗。人仿佛变魔术一样地多了起来。我发现我走到了中心广场，这里正举办圣诞集市。卖热红酒的大锅冒着热气，四周摆满各式小吃摊位，人们在中间徜徉，孩子们的嬉戏声在其间回荡。

我买了一杯用陈皮和桂花熬制的热红酒，和当地人一起站在那里，小口地喝着，感觉身体渐渐暖和过来。一个戴着皮帽的吉卜赛人来了，把敞开的琴盒放在脚下，开始弹奏一件酷似吉他的乐器。那是一首吉卜赛风的民谣，有着欢快而忧郁的曲调。

有人在静静聆听，有人在彼此交谈，而那座占据了整个广场中心的著名清真寺教堂正在修缮。它的名字多奇特——清真寺教堂——把两种宗教合而为一。

那是土耳其人统治时修建的清真寺，土耳其人被驱逐后，成了当地基督徒礼拜的教堂。不过基督徒们说，早在土耳其人统治之前，这里就是他们的朝圣之地。其实，佩奇一直以来就是民族和宗教的混杂之所。无论基督教还是伊斯兰教，都把这里当作信仰的边疆，而各自力量的消长，改变着这片土地的样貌。所以这里既有清真寺，又有大教堂；既有土耳其浴室，又有基督徒的墓地。

我从口袋里摸出一枚欧元硬币，扔进吉卜赛人的琴盒里，他朝我颔首致意。我沿着主街走，不少店铺都已圣诞歇业，离广场愈远，人也愈见稀少，最终过渡为苏联电影中的社会主义郊区：笔直的林荫路，千篇一律的住宅楼。

转头往回走，在一家葡萄酒商店买了一瓶欧瑞慕斯牌的托卡伊贵腐葡萄酒和一瓶富尔民特干白葡萄酒。

不远处是一家中式快餐店，好奇这里也有中国人，于是站在门口看。这时，老板突然探出头。

"是中国人吧？外面冷，进来坐坐！"

餐厅里没有顾客，盛放食物的柜台里有事先炒好的几个菜，装在食堂用的大盘子里，此外便是炒面和炒饭。老板是温州人，1998年来匈牙利打工，如今已在这里定居，生了孩子。问他为什么选择佩奇，他说，布达佩斯的华人太多，中餐馆的竞争也日趋激烈，这里的生活相对轻松。

一对匈牙利情侣走进来，表情严肃地点了炒面、咕噜肉和宫保虾球，放到微波炉里加热好，就坐下来吃。老板告诉我，匈式中国菜的要诀是要像红烩牛肉一样做出浓稠的汤汁，"要能用面包蘸着吃才行"。

老板问我，要不要点东西？可那些"能用面包蘸着吃的炒菜"实在卖相一般，价格也是国内的几倍。然而，毕竟聊了半晌不好拒绝，便让老板炒了一份四季豆带走。回去的路上，我又在一家当地人光顾的土耳其烤肉店买了一份烤肉。

回到住处，开了白葡萄酒，一边坐在餐桌前吃四季豆，一边用笔记本电脑放霍洛维茨弹的李斯特《b小调奏鸣曲》。窗外渐渐起了大雾，刚才还耸然而立的城墙忽然就隐身不见。周围静悄悄的，只有音乐和钟表的嘀嗒声。

突然想到，如此安静到不可思议的夜晚，已经好久不曾有过。

7

早晨很早就醒来，却感觉睡了相当长的时间，像在深海里静静沉潜了一百年。昨夜的杯盘仍堆在桌子上，酒瓶里还有两厘米高的酒。冲过澡，把盘子和刀叉洗净，剩下的酒不想再喝，直接倒进下水槽。看看时间是 8 点多一点，想起是周日，佩奇有每周一次的跳蚤市场。

外面天气很好。太阳驱散了昨晚的大雾。城墙历然，街巷宁静，黑色的柏油马路一直伸向山丘之下，尼古拉斯大教堂沉浸在一片玫瑰色的晨曦中。驱车开向城市的西南，看到跳蚤市场是一块两个足球场大的空地，门外的停车场里已经停了很多车。

我开车进去，发现人们的目光都紧盯不放，还有人指指点点。开始以为是自己的原因，毕竟这地方东方人少见，可后来发现，人们是在盯着车看。环视四周，我很快明白了原因所在。当地人开的全是十多年又脏又破的老式轿车，唯有我这辆 Polo，不仅款式新，而且洗得发亮，熠熠闪光。这大概就和一个人穿着迪奥套装去农贸市场买活禽一样。

我边走边浏览摊贩们卖的东西。大体上都是附近的人家把不用的东西拿过来出售，因此每个摊位的售卖范围都很杂，从收音机、小摆设到旧书、餐具无所不有。当然，也有以专业度取胜的。比如专卖古董钟的、旧家具的、枝形吊灯的、若尔瑙伊瓷器的。

一对年轻的情侣在卖烧壁炉用的铁钩子。一条大围巾铺在脚下，上面摆着几件乌黑的铁器。男人很英俊，穿着驼色呢子大衣，戴一顶黑色礼帽，像电影《撒旦探戈》里的男主角。女人盘腿坐在地上，穿着长靴，把大衣的羊毛帽子戴在头上，是个非常好看的姑娘。

我走过去看他们卖的铁器，感受这些铁家伙的重量，然后插着兜站起来，朝他们微笑。对话自然而然地发生了。

"你从哪儿来？"

"中国。"

"你们的总理刚来过。"

"是的，听说打算修建匈牙利到塞尔维亚的高速铁路。"

"没错。"

"你对这事怎么看？好事还是坏事？"

"我不知道，"那个男人说，"可能是好事，或多或少。"他晃着脑袋。

"你是做什么的？"

"铁匠。"

"你的女朋友呢？"我们说话时，她一直望着虚空中的一点，没看我们。

"她学电影。"

"电影？那你们是怎么认识的？"

"在这里。"

"你是说……跳蚤市场？"

"对。"

"怎么做到的？"

"她来买东西，我们交谈，"男人酷酷地说，"就这么简单。"

男人一直保持着刚才的站姿。大拇指插在大衣兜里，敞着大衣最上面的两个扣子，露出深蓝色的围巾。帽檐压得很低，所以总是骄傲地扬着头，络腮胡蓄得非常整齐，显得嘴唇很薄。

"也许因为你长得很像米哈伊·维格。"我说。

"谁？"

"《撒旦探戈》里的男主角。"

"不太清楚。"

"也许你女朋友知道，她是学电影的。"

他低头问学电影的姑娘，又抬头问我，"你刚才说的谁？"

我把名字拼出来，像发出一道密电，等待对方破译。他们则用我无法破译的匈牙利语交谈。从侧面看，学电影的姑娘有非常好看的鼻梁，面颊被冻得微微泛红。

商量了一会儿，男人抬起头说："对不起，我们不知道这个人和这部电影。"

《撒旦探戈》片长七小时却每一分钟皆雷霆万钧，引人入胜。但愿在我有生之年，年年都能重看一遍。

——苏珊·桑塔格

在跳蚤市场吃过简单的午餐，我决定继续南下，去希克洛什看城堡。这里几乎已经处在匈牙利与克罗地亚的边境上，曾经发生过极为惨烈的战争，直接导致了匈牙利亡国，也为之后的土耳其围攻维也纳埋下伏笔。

午后的阳光有一种令人恍惚的质感，像白葡萄酒在杯里轻轻地晃。平坦的田野上依然雾气瀼瀼，阳光与雾在这里似乎达成了某种和解，尽管现实生活中和解十分稀有。

希克洛什以及附近的维拉尼与法国的波尔多处在同一纬度，以出产上好的葡萄酒闻名。行驶在狭窄的乡间公路上，两边的丘陵地带皆是成片的葡萄园。虽然冬天枝叶落尽，但可以想象夏秋时节的景象。

经过维拉尼镇，路边是一家家小酒馆，既可以买酒，也可以点上几道农家菜，顺便喝个尽兴。我把车停在路边，随便走进一家。老板是个胖胖的中年汉子，除了匈牙利语，也可以说一口德语。他引我到酒馆的地下酒窖，数十个大橡木桶里装的都是陈酿中的葡萄酒。每个桶上贴着标签，写着年份和葡萄品种。我知道维拉尼的品丽珠非常出色，便购买了两升。老板用透明的塑料桶灌装给我，价格不过三十多块人民币。我常觉得，所谓好酒，就是好喝不贵，可以痛饮的酒。在这个意义上，匈牙利葡萄酒是最被低估的好酒。

到了希克洛什，把车停在铺满落叶的树下。城堡近在眼前，比想象中的大。白墙红瓦，映衬着蔚蓝色的天空。城墙外是一条黄土铺成的小径，有当地人坐在长椅上晒太阳。

进入城堡，沿着咯吱作响的木质台阶登上瞭望台，可以望见四周平缓起伏的山丘与田畦村落。向南方眺望，克罗地亚沉浸在一片橘红色的雾霭中，多瑙河想必正从那里奔流东下。不知从哪里传来犬吠声，像是从很远的地方传来，空气中有一股木柴生火的味道。

如此静谧的午后让我很难想象，这里曾经是一片刀山火海。1526 年的夏天，不可一世的奥斯曼土耳其苏丹苏莱曼一世集结了八万兵力，向匈牙利进发。激战就发生在离此不远的多瑙河畔的莫哈奇。不到两个小时的时间里，匈牙利全军覆没，国王在逃亡途中溺水而亡。

战斗结束的第二天，土耳其士兵对周边地区进行了扫荡。无论男女老幼，信教与不信教，皆被屠戮。两天后，苏莱曼一世在日记中写道："屠杀两千名战俘，是日大雨如注。"

布达佩斯同样一片慌乱，贵族们纷纷携带财富逃离。"入夜，通向西方的旱路上车队络绎不绝，多瑙河上满载珍宝的船只首尾相连。"

独立的匈牙利就此覆亡，而以匈牙利为基地，土耳其人开始了对中欧长达一个多世纪的进攻。两年后，他们第一次将哈布斯堡王朝的首都维也纳团团围住。整个欧洲世界为之大惊。如果不是波兰国王扬·索别斯基紧急驰援，欧洲历史恐怕会因此改写。

　　匈牙利处在奥斯曼与哈布斯堡两大帝国之间，它的命运似乎早已注定了坎坷。匈牙利人有句谚语："在莫哈奇失去的远比现在多。"意思是说，最困难的时刻已经过去，以后再遇到的困难算得了什么？借此鼓起自己面对困难和挫折的勇气。

　　在《莫哈奇战场匈土交战纪实》一书里，亲历过那场战争的作者描绘了战场的样貌："这是一块宽阔的平坦地，没有森林和树丛，没有河流和山丘，只有一块长满蒲草和芦苇的沼泽地。后来，许多人就葬身于此。"

　　在回佩奇的路上，我便经过了这样一片土地，依然不见人烟，依然一片荒芜，只有一条生锈的铁轨伸向不知何处的远方。我把车停在路边，望着眼前的一切。清晰而绯红的太阳正沉入树木丛生的地平线，光线渐渐暗淡下去。

　　我下车，走进芦苇丛生的湿地，试着踩着干枯的芦苇梗，朝沼泽深处跋涉。天色昏暗，荒草萋萋，一群鸥鹭突然惊起，扑啦啦地飞走，吓了我一跳。我惊魂未定地立在那里，耳畔是什么东西缓缓的划水声，一下，两下，格外清晰。

　　我突然意识到，此刻只有我一个人，天地之间只有我一个人，而这是一件多么孤独的事……

我转身往回走，脚上沾满了湿泥，越走越重。

乌鸦用自己的歌声吹奏死人的骨头。

——特朗斯特罗姆，《音响》

回到车里，打开引擎，就着仪表盘的光亮，捧起那桶品丽珠喝了两口。天完全黑了，整个世界像一张褪色的旧照片。我的心情渐渐平静下来，甚至有点嘲笑自己。

我打开大灯，穿过黑暗的平原，驶向佩奇。

第二章

物理老师的秘密往事，两个哑巴，赖奇克劳动营

1

冬天在欧洲旅行，最苦白昼短暂。因此我总是天不亮起床，洗澡，泡红茶，然后借助笔记本电脑和旅行指南确定当天的行程。我喜欢自由散漫的计划，虽然脑子里会有一条大致线路，但一般只在当天才决定这一天的落脚点。这样做得益于我感兴趣的地方大多不是过于热门的目的地，加之冬天并非欧洲的旺季，即便不提前订房，也不愁找不到住处。

此刻，我一边喝着热红茶，一边将目光锁定在西北偏北的巴拉顿湖。那是中欧最大的淡水湖，南岸的"匈牙利夏都"希欧福克曾是匈牙利共产党高层专享的度假胜地，被称为"匈牙利的伊比沙岛"。

从佩奇到希欧福克，走61号公路有一百二十公里。在匈

牙利，标注了 M 的是高速公路，规定时速为一百一十公里每小时；只有数字的是双向单行车道，可以开到六十公里每小时。然而谚语说"有规则就有例外"。在这里，毋宁说"有规则但全是例外"。当我以六十公里每小时的速度行驶时，后面的车总会一轰油门超过我，绝尘而去。

我并不想赶时间，因为我已经迎着冬天的清晨上路了。我翻过一座座丘陵，经过一片片树林，一种行云流水的感觉渐渐满溢身心。天空被淡淡的乌云笼罩，路边不时出现提示有麋鹿的路牌。这就是欧洲腹地，如果用音乐来形容，就像拉赫玛尼诺夫的《第三钢琴协奏曲》。长长的旋律线，在一个极狭窄的音域里蜿蜒，带着民谣式的忧郁，可是掩盖不住其后宽广的歌唱性。有时候，丘陵的下坡坡度有四十度，这时候便有滑翔机俯冲大地的快感。

天亮了，雾从四面八方打开它的包袱。或许是那冷金属色的天光已与雾气融为一体，难分你我。窗外是大片枯黄的玉米地，一个巨大的十字架矗立在雾中，显得又白又湿，走近了才看清上面写着：Latos Miklós（1917—2002）。

我很想了解这位先生的过去、他的一生，但周围连一个人也没有，而且我已经开了很久没见到人烟了。

愈接近巴拉顿湖区，周围的景色就愈加狂野：荒地、小溪、火烧过一样的枯树。一棵白桦孤独地立在田野里，枝杈上有几十个鸟巢，不堪重负地支撑着。

我想起二战时德军的最后一次攻势，就是在巴拉顿湖进行的。那是 1945 年 3 月 6 日，希特勒集中了残存的德军精锐装甲部队，包括私人卫队"阿道夫·希特勒"警卫旗队装甲师，向巴拉顿湖区的乌克兰第三方面军展开大规模的装甲进攻，代号"惊蛰"行动。

当时，轴心国的失败已不可避免，然而希特勒仍准备放手一搏。据说，连斯大林对希特勒选择在匈牙利发起最后的进攻也深感意外。因为是暖春，巴拉顿湖两岸泥泞不堪，淤泥有时深及膝盖。对于装甲来说，这是毁灭性的灾难。在最初的小胜后，德军逐渐溃败，幸存的士兵几乎是徒手逃回到奥地利。希特勒命令他的私人卫队取下带有他名字的袖章，因为"他们已经被证明不配享有这种荣誉了"，这些袖章被放进一只水桶里上交。一个半月后，苏军攻克了柏林。

　　我们永远不可能开始新的生活，我们只能够继续把旧的生活过下去。

——凯尔泰斯·伊姆雷，《无命运的人生》

希欧福克无疑是一座夏天的城市，在冬天则一片沉寂。我开到湖畔空旷的停车场，下车沿湖岸走了二十多分钟。夏日的游船都收起了桅杆，停驻在岸边，像宣布息影的演员。仍然表演的只有野鸭和天鹅，它们游着泳，不时把修长的脖颈扎进冰冷的湖水里。我在离湖边不远的餐厅坐下来喝咖啡，吃芝士蛋糕。蛋糕的分量很大，咖啡则又香又浓。湖面上雾气很重，看不到对岸的景致，也辨别不出湖面的宽度，那感觉就像是走到世界尽头，只能喟叹一声停下来。

冬天的希欧福克几乎看不到观光客的影子，只有穿着普通的当地人来来往往。那些以游客为对象的酒吧、旅馆和度假村大都关门了，有些门口还挂着夏天招徕顾客的海报。火车站附近的公园里有一座教堂——拥有一双长着浓密睫毛的大眼睛，外形酷似猫头鹰。这是匈牙利建筑师伊姆雷·马科维茨的作品。一群黑色乌鸦从公园的树林上方掠过，两只白色的鸥鸟站在教堂门口，一边小步跳跃着，一边以审慎的目光打量四周。

教堂没有开门，但空地上有三个小孩子在追逐玩耍。他们穿得鼓鼓囊囊的，毛线帽上的橘红色绒球上下飞舞。一对年轻情侣正站在教堂前，拿小卡片机自拍，见我从旁边走过，便问我能否给他们拍照。

镜头里，两人的面颊紧紧贴在一起，脸上是永恒凝固的幸福表情。我问他们从哪里来。

"维尔纽斯，"男孩说，"立陶宛。"

他们还在读大学，明年夏天毕业，利用最后的假期开车一路玩到这里。

"毕业后打算做什么？"

男孩告诉我，他申请了美国的研究生，而女孩会留在当地工作。

我与他们道别，并祝他们一切顺利。他们牵着手离开。

二十一岁——无论对未来还是爱情，都充满绝对信心的年龄。

我走回停车场，觉得可以继续上路了。

2

我开上 M3 高速公路，之后转 M7，朝埃格尔一路驶去。二百四十五公里的路程，中途加了油，还在加油站旁的麦当劳吃了巨无霸汉堡，喝了黑咖啡。到埃格尔时，已是傍晚时分。

埃格尔是一座古典气息浓郁的小城，保存完好的巴洛克建筑随处可见。我在离老城中心很近的地方找了家旅舍住下。透过窗玻璃，可以望见方济各会教堂的尖顶。我把剩下的维拉尼红葡萄酒一饮而尽，然后趁着暖意出门。

我沿着人行道走过一些店铺，穿过小巷，转上大街，那儿有被灯火点亮的圣诞集市，再过去便是埃格尔大教堂。天气很冷，又有雾，可教堂看上去非常雄伟。

我很快就喜欢上了埃格尔的气氛——小而紧凑，古意盎然。最重要的是，人们仍然生活在那些老房子里，仍然去那些老教堂礼拜。

我向伊斯特万·多博广场方向走，路上有一座四十米高的尖塔。它是一座清真寺的附属建筑，标志着 16 世纪奥斯曼土耳其帝国入侵欧洲的最北端。从这里拐进去，便看见身披甲胄的老伊斯特万矗立在广场中心，俯瞰着来往的行人。叫他老伊斯特万，是因为按照匈牙利语的习惯，姓是放在名之前的。

1552 年，伊斯特万率领着两千名士兵与进犯的十万土耳其大军对峙了一个月。当时，作为独立国家的匈牙利已不复存在，土耳其人早已占领了大片匈牙利的土地，自然没把一个小小的埃格尔放在眼里。然而，埃格尔人以高尚、坚强的精神投入了战斗。在决定性的反围攻战中，女性也加入了战斗，她们站在城墙上，将烧开的树脂浇在敌人身上。

谣言开始在土耳其军队中肆虐。他们认为埃格尔人之所以如此勇猛，是因为喝了公牛血。他们并不知道，埃格尔盛产一种颜色如公牛血的红葡萄酒。士兵们痛饮了葡萄酒，胡子也被染得血红，显得杀气腾腾。土耳其人被击败了，埃格尔获得了拯救，伊斯特万成为匈牙利的民族英雄，而公牛血红酒成为匈牙利最著名的红葡萄酒。

一个国家的饮食传统总是与民族情结相互作用，这样两者便都获得了传奇性与正当性。记得小时候去巷口排队买油条，祖母便告诉我，那油条炸的是秦桧夫妇，于是知道了那些排队的大爷大妈吃的是民族大义。此刻，看着老伊斯特万的雕像，我也非常想喝一杯埃格尔公牛血红葡萄酒，向英勇的埃格尔人民致敬。

不过，且让我先去埃格尔大教堂坐坐。在冬天的欧洲旅行，我渐渐习惯了走进教堂。尤其在圣诞期间，店铺关门，但教堂总是开着。有时候在外面走冷了，或者天气不好，我就会随便走进一所教堂，坐一坐，让自己暖和过来。

我喜欢推开教堂大门时那股木头的味道，里面总是很暗，而且静悄悄。我朝埃格尔大教堂走去，世界像下雪一样宁静，我突然想起今晚是平安夜。

一个吉卜赛女人坐在教堂门口的石阶上，我从兜里摸出两枚硬币给她。教堂里只点了几盏灯，又黑又静。我坐在木制长椅上，只能看到圣像模糊的轮廓。我坐了十分钟，想站起来的时候，我又让自己多坐了一会儿。之后，我走出教堂，把剩下的硬币也给了吉卜赛女人。不知为什么，她的脸让我想起在奥斯维辛集中营看到的那些受难者的照片。

我穿过马路，走过图书馆和气象台，街上张灯结彩，可没什么路人。一个醉汉提着酒瓶子走过，嘴里嘟囔着什么。两个司机发生车辆剐蹭，正站在路中央互相咒骂，却没有围观群众。平安夜的埃格尔是如此寂静，人都去了哪儿呢？我想着在国内，人们恐怕已经开始准备狂欢了。

我总算发现一家人满为患的餐厅，有看上去不错的匈牙利家常菜。只有两桌顾客在店里用餐，其余人都在等着打包带走。

我排到队尾等候。站在我前面的是个三十多岁的男人，身材很瘦，穿着棕色皮夹克，高高的鼻梁上架着一副圆形的黑边眼镜，已经微微有些秃顶，深蓝色的毛线帽子攥在手里。他跟我打了个招呼，我也向他点头致意。他问我是不是游客。

"是的，特意来这里旅行，想看看匈牙利冬天的样子。"我说。

"非常安静，对吗？"

"比我想象的还安静。"我回答。

他是埃格尔一所高中的物理老师，没有孩子，只有他和妻子一起生活。

"平安夜不在家里做点菜吃？"我问。

他有些腼腆地一笑，说妻子不太善于厨艺，他们的晚餐都从这家餐厅买回去吃。他环顾了一下周围："很地道的餐厅，也不贵。"

"是的，看上去相当不错。"

轮到物理老师点菜了。他一边点，服务员一边麻利地打包。这时，他突然转身问我："你愿意来我家一起吃晚餐吗？"

我脸上的表情一定有些错愕，但是一个陌生人的善意总让人难以拒绝，更何况我也好奇一个匈牙利物理老师的家庭。

"如果不太麻烦的话，"我说，"谢谢！"。

我们一起走出餐厅，走进埃格尔的平安夜。他一只手提着菜，另一只手把毛线帽子戴到头上。他住在两条街以外的住宅区，楼下有一家小酒吧还开着门，几个年轻人正站在门口抽烟。物理老师告诉我，他就住在酒吧上面那个房间。

他妻子开了门，一只拉布拉多犬跑过来又磨又蹭。他妻子看到我显然有些吃惊。物理老师解释了一番，把菜递给她，她微笑着向我打了招呼，便进了厨房。

房间铺着木地板，暖气烧得很足。靠窗那面墙边摆着一个书架，除了书，还有物理老师和妻子的合影。另一面墙边是一架钢琴。琴上盖着桌布，上面摆了不少小玩具，看样子似乎已经有段时间没人弹奏了。房间不算很大，但是两个人生活绰绰有余。

我们在餐桌前坐下。物理老师开了一瓶红酒，妻子已把菜分盘上桌。每个人面前都有酒杯、刀叉和盘子。我们碰杯，祝彼此圣诞快乐，然后一边吃饭一边谈着一些无关紧要的话题。

"你知道吗，开始我以为你是日本人，"物理老师说，"我之前接待过一个日本年轻人。"

"有很多日本人来这里旅行吗？"我问。

"是这样的，我在一家民宿网站上注了册，一个日本人就发信联系我，大概是两个月前的事了。相比中国人，来这里旅行的日本人还算不少。"

"你感觉中国人和日本人的差别大吗？"

"外表上我很难看出有什么不同，"物理老师笑着说，"但日本人的英语不是太好，所以很难和他们进行太多交流。不过我问了他对中日关系紧张的看法。"

"他说什么？"

"他说，他并不关心政治，很多日本年轻人也不关心，他们甚至不知道现在的日本首相是谁。"

相比一个没人关心政治的社会，一个人人都热衷参与政治的社会，反而更可怕——只有极权时代才会出现这样的情况。

我们很自然地谈起苏联时代的记忆。

物理老师喝了一口红酒，像在追忆非常久远的事情。然后他郑重告诉我，他是犹太人。二战时，他的祖父母经历过非常可怕的岁月。他们原本住在布达佩斯，1944年夏天被送进波兰的集中营。他们负责做苦力，侥幸活了下来。

二战结束后，为了忘掉过去，一家人迁居埃格尔。他们隐瞒了犹太人的身份，没有跟任何人透露。他们甚至皈依了天主教，也不再按照犹太人的习惯礼拜和生活。他们担心，一旦暴露自己的真实身份，将来可能再遭厄运。

他们保守身份的秘密。在很长一段时间里，甚至连儿女也不知道这些事情。直到要去布达佩斯上大学之前，物理老师的父母才告诉了他过去的一切。

"我带着强烈的震惊离开了埃格尔。"物理老师说。

那时，苏联已经解体，社会主义阵营的巨变仿佛发生在一夜之间。他开始去布达佩斯的犹太教堂，参加犹太社团的活动，也与一些犹太裔的年轻人成为朋友。他开始用心阅读《圣经·旧约》。在此之前，他对犹太民族的历史感到十分隔膜。

毕业以后，物理老师回到埃格尔工作。他说，除了布达佩斯，匈牙利的犹太人数量已经十分稀少，在埃格尔就更少，但他仍和布达佩斯的犹太社团保持着联系。

"犹太人的目前状况还好吗？"我问。

"很难用好与不好来回答，"物理老师说，"一旦遇上天灾人祸、经济衰退，首当其冲的总是犹太人——自古以来都是如此。"

我想起欧洲历史学家约瑟夫·P.伯恩在《黑死病》一书中写到的情景。当时，犹太人被认为是瘟疫的源头，于是遭到灭绝性的屠杀。而这些年，因为欧债危机和经济不景气，对犹太人的仇恨又在欧洲，尤其是匈牙利复燃。一个叫"Jobbik"（意为"更好的匈牙利"）的法西斯政党获得了不少支持，其领导人甚至进入了欧洲议会。

"有意思的是，经过媒体调查，这个人实际上拥有犹太血统。和我的祖母一样，她的外祖母是犹太人，而且是大屠杀的幸存者。报道出来之后，这个人就被 Jobbik 组织清除了，但是这个党派的势力仍然很大。"

"你对未来有过担忧吗？"我问。

"犹太民族总是时刻准备受难，这是我们从历史中得到的经验，"物理老师说，"在这个层面上，你可以说犹太人从来没有停止过对未来的担忧。"

他微笑着举起酒杯，于是我也举起我的。

"我们能做的只有祈祷。"他说。

回旅馆的路上，我的脑海里一直回响着这句话。夜空爽朗，点点繁星仿佛教堂的蜡烛。然而，在这处处隐藏着暴力的世界上，我们真的能够掌握自己的命运吗？那些悲剧和苦难、战争和屠杀真的能够不再上演吗？

我想，是不能的。

那么，我们能做的，确实只有祈祷而已。

3

阳光从阁楼的窗玻璃斜洒下来，教堂的钟声隐隐传来。我步行去 Café L'Antico 吃早餐，这是当地人买圣诞糕点的地方。蛋糕很新鲜，奶油十分厚重，沉甸甸的像这个国家给人的感觉。

我沿着拉约什·科苏特大街漫步，走过犹太教堂改建的美术馆，穿过圣诞集市，回到伊斯特万·多博广场。从这里，一条小路将我引向城市的最高点——埃格尔城堡。城堡的大门开着，几门铁炮对着山下的城市。庭院里是当年的主教宫殿，现在改为博物馆。博物馆没有开门，只有一只黄猫在庭院里散步。

我登上石头垒成的城墙垛，整座城市在冬日的阳光下铺展开来：红瓦黄墙的巴洛克建筑、教堂的尖顶、郊外的农田和葡萄园。一辆黑色的火车头吞吐着白烟从城外驶过，蒸汽机的声音经过空气折射，若有若无地飘过来，像黯然而温柔的低语。我站在那里，望着眼前的世界，黄猫不知什么时候跟了过来，在我的脚边转悠。

虽然伊斯特万·多博在 1552 年阻止了土耳其军队的进攻，捍卫了匈牙利的尊严，但是四十四年后土耳其人卷土重来，最终攻占了埃格尔。他们对这座城市的统治直到 1687 年才结束。那一年，也是奥斯曼帝国渐渐衰落、匈牙利走向复苏的开始。

那时的中国是康熙二十六年，三藩之乱已平，台湾业已收复，帝国正步入盛世。而匈牙利经历了一个半世纪的占领，一半国土沦为了荒地和沼泽。

城墙下方，我看到一个斯洛伐克家庭谈笑着走过。两个小男孩一路奔跑，登上杂草丛生的山顶，那里有三座比真人还高的十字架，墓碑般矗立着。他们抱住十字架，欢快地朝下面大声呼喊。

不过三百多年前，山顶上还飘扬着奥斯曼帝国的马尾旗，整个欧洲都为之摇摇欲坠，而如今一切都已显得那么遥远，甚至遥不可及。

在城市的边缘，土耳其人给埃格尔留下的最后纪念是一座土耳其浴室——在一度破败不堪的遗址上，刚刚经历完漫长的重建。与之相邻的大主教花园曾是罗马教皇的私人花园，现在则作为城市公园对外开放。公园里的温泉同样是匈牙利建筑师马科维茨的作品。我走在公园的林荫路上，经过冒着热气的露天泳池，一条棕色的水管连接着公园外的小河。沿着小河走，不久就到了埃格尔火车站。

我喜欢火车站，因为它像一幕话剧的逼真布景，也是一座城市的风情写照。悲欢离合在这里上演，也在这里结束。在火车站，旅行者可以得到关于一座城市的全部想象。

　　　　宾夕法尼亚车站具备纽约所有的神秘，维多利亚车站则有伦敦巨大的阴郁和疲惫。

　　　　　　　　　　　　　　　　　　——毛姆，《客厅里的绅士》

　　埃格尔火车站小而安静，唯一的月台像演出结束后的剧场一样空旷。月台下停着开往布达佩斯的列车，还有半小时就发车了，可此刻的车厢依然空荡荡，一副永远不会驶离的样子。一个背着旅行包的匈牙利女人，站在车站入口处打电话。栗色长发，黑色大衣，一边听着电话，一边默默流泪。我不知道她为什么哭泣，整个车站只有我们两个人。我看到她的旅行包上印着"纽约！纽约！"的字样。可在这个无人的火车站，纽约就像一个虚无缥缈的幻影。我从她身边走过时，她看了我一眼，目光中有一丝恍惚，仿佛在寻找什么。

　　车站尽头，午后的阳光照射着三辆废弃的车皮，上面画着俏皮的涂鸦。透过车窗，我看见里面的小桌子、皮座椅和遗落在地板上的蓝色手帕。车厢在涌动的光线下栩栩如生，宛如静物写生的场所。我突然想到，我一定也在寻找着什么场所：一处能坐下来思考人生的场所，一处让我感到归宿的场所。否则我为什么会在圣诞这天游荡在埃格尔，游荡在火车站，看着一个女人独自饮泣？

我沿着火车站外的大街走，街角处是一家还在营业的酒吧。我走进去，看到两个哑巴坐在那里，喝大杯掺水的伏特加。一个穿着灰色帽衫，一个穿着灰色大衣，互相打着手语，脸都喝得红红的。吧台上，一个邋遢的老人无动于衷地对着尚有几分姿色的女招待。他把杯子喝干，又要了一杯掺水的百龄坛威士忌，黑裤子脏兮兮的，摘下鸭舌帽后，头上是一圈帽子压出的印记。

——贫穷的匈牙利工人阶级，我意识到，并且感到一种归宿。

我坐下来，要了一杯匈牙利 ARANY ASZOK 啤酒。两个哑巴举杯向我致意。他们已经有点醉了，嗓子里发出含混不清的咕噜声。女招待不耐烦地看着眼前的一切——今天是圣诞，她想早点回家。

我看了看墙上的告示，离关门时间还有一小时。穿帽衫的哑巴敲了敲桌面，示意再加两杯。女招待拿着抹布跑了过来。

"没啦，"她大声说，仿佛对方是聋子而非哑巴，"要关门了。"

穿帽衫的哑巴神情激动地指着告示理论，女招待叉着腰，底气十足地反驳。最后，她把两只空杯子抄走，扔进吧台后的洗碗槽，便对哑巴不闻不问了。

夕阳透过窗玻璃照射进来，桌面一片金色。那个老人喝完酒，摇摇晃晃地站起来，从兜里摸出一把纸币，付了酒账。他戴上鸭舌帽，目光迷离地走出门，沿着大街走了。

酒吧里只剩下我和两个哑巴。穿灰色大衣的哑巴朝我耸耸肩，然后赞赏地伸出大拇指，我也朝他伸出大拇指——女招待注视着我们。我知道，如果我再不加紧喝完这杯该死的啤酒，她的愤怒最终会转移到我头上。

我醉酒的灵魂比这个世界上所有死去的圣诞树更悲伤。
——查尔斯·布考斯基

一朵乌云遮蔽了太阳，屋内暗了下来。没了酒的哑巴，好像两个犯了错误、等待家长认领的孩子，显得无所适从。

我喝完酒，放下钱，起身离去。经过两个哑巴时，他们和我挥手告别。

两个不错的哑巴，我想，就像《心是孤独的猎手》里那两个哑巴。

我往旅馆走，过了一个路口再回头。女招待已经拉下了酒吧的大门，而两个哑巴依然站在门前交流，不肯离去。

我想，他们只是两个惺惺相惜的哑巴。在圣诞节这天，渴望找到一个温暖的场所。

在这浮世上。

4

当我发现赖奇克就位于埃格尔以西二十七公里时，我决定驱车前去拜访。

很多年前，一次偶然的机会，我看了一部叫作《逃离赖奇克》的匈牙利电影，从此赖奇克这个名字就深深地印在了脑海里。

赖奇克是匈牙利的"古拉格"。1950 年夏天至 1953 年夏天，这里关押了大批匈牙利的政治犯和异见人士。《逃离赖奇克》讲述了唯一一个活着逃出赖奇克的囚犯的故事。他逃到西方后，将狱友们的名字公之于众，这才让外界了解到赖奇克劳动营的存在。此前，在匈牙利当局的官方记录里，赖奇克一直是隐形的、虚构的、不存在的场所。

我驾驶 Polo 出城，沿 24 号公路行驶。丘陵与山谷间是松林和山毛榉，山丘的向阳面则是大片葡萄园。这条路从埃格尔到珍珠市，堪称匈牙利最美的公路。我想象着夏天来临时，眼前一定是一片生机盎然的景象。那些最初被秘密送到赖奇克的人们大概不会料到，如此勃勃生机的场景与地狱般的恐怖只有寸步之遥。

赖奇克是个普通到不能再普通的村庄。我转了一圈，没有发现任何特别之处。两边的房子是普通的石房子，街上也看不到什么人。尽管是冬天，阳光依然炽烈地透过车窗射进车内，可是外面的风很大，一开窗就会把暖意瞬间卷走。我向路边一位村民打听劳动营，她没抬眼皮地指了指村南的一条公路。我不确定她是否听懂了我的意思，但除此之外，似乎也没有其他办法。

我沿着那条公路开去，两旁的风景越来越荒凉。风掠过山丘和树梢，吹得车身呼呼作响。看来我已经偏离了主干道。就在我准备调头返回之时，突然看到路边有一块指示牌——赖奇克劳动营就在这条路的前方。

如今，人们在劳动营的遗址上建起一座纪念公园。1953年秋天，迫于西方压力，匈牙利当局释放了那些还侥幸存活的政治犯，前提是他们必须签署保密协议，不向任何人透露劳动营的情况。此后，当局秘密拆除了铁丝网和牢房，尽量不留下任何痕迹。赖奇克劳动营成为严防死守的秘密。

秘密直到苏联解体前夕才被幸存者戳破。他们通过媒体发声，倾吐往事，寻找狱友，还成立了赖奇克协会。20世纪90年代，根据这些幸存者的共同记忆，赖奇克劳动营在原址上部分重建并竖起一座纪念碑，意在让后人铭记历史。更重要的是，不再让悲剧重演。

我穿过铁丝网，经过瞭望塔，来到纪念碑前。它的外形就像两面倾圮的围墙，互相倚靠。墙壁上刻着一千三百名遇难者的姓名，四周是一片荒野，再远处是僻静的山林。松树还是绿色的，阔叶植物则已枝叶尽落，像扫把一样支撑着天空。

附近有一间牢房模样的旧木房子，被改建为纪念馆，收藏囚犯的遗物。展厅里还陈列着很多照片：犯人举着姓名牌的正侧面照、各类刑罚的示意图……原来让人遭罪的花样如此之多，更不要说还有精神上的钳制——而遭受这一切苦难，只是因为这些人与当局的思想不同。

囚犯们每天要进行十四个小时的重体力劳动，却只能得到极其有限的食物。他们被迫啃树皮，挖树根，吃春天刚冒芽的青草。由于长期营养不良，他们的牙齿脱落，体重锐减，死去时往往不及来时体重的一半。他们的尸体被随便扔进山林之中，任由野兽和乌鸦叼走……六十年过去了，我站在这里依旧能感受到历史的咄咄寒意。

在布达佩斯时，我也经历过这么触目惊心的一刻。那是在安德拉什大街的"恐怖博物馆"——与著名的李斯特故居仅一街之隔。博物馆曾是纳粹的"箭十字党"党部，后来成为匈牙利当局的秘密监狱。与赖奇克劳动营一样，同一时期的布达佩斯也充斥着秘密审判、刑罚和屠杀。不仅是匈牙利，波兰、罗马尼亚、捷克斯洛伐克，乃至整个欧洲腹地，都发生过相似的灾难。

这里已经竖立起一座座纪念碑，而在许多地方，墓碑仅存在于少数幸存者的记忆里。

站在赖奇克的荒野上，我突然感到一阵持续性的恐惧。它紧紧地摄住我，像海浪不断冲击着堤岸。我知道，幽灵不曾远去，它就在不远处徘徊，就像《指环王》中的戒灵蓄势以待。如果未经彻底清算，它就不会归于尘土。总有一天，将以不可遏止的势头卷土重来。

　　恶和它的饥饿还很年轻……

　　　　　　　　　　　　——多多，《痴呆山上》

　　我回到 24 号公路，翻越匈牙利的最高峰马特拉山。峰回路转的盘山路，两边是幽深的山毛榉林。山上的积雪还未融化，像棉絮一样覆盖在大片荒草甸上。鹰在干净的天空盘旋，俯视着一切。

　　群山之中，是沉睡了一千多年的火山群。这里过去是苦寒之地，如今则散落着一些度假村。匈牙利的中产家庭开着车来这里喝葡萄酒，呼吸新鲜空气。我在临近珍珠市的一家度假村吃了鹰嘴豆牛肉汤和面包，从这里上 M3 高速，一路向西，离布达佩斯不过八十公里。

　　车内广播正在播放贝多芬的奏鸣曲，窗外是一片片连绵起伏的田野。匈奴人、马扎尔人、蒙古人、土耳其人、德国人、苏联人都相继踏上过这片土地，现在它在雾中一片寂静。

第三章

布尔诺之星，异乡人，冬之旅

1

　　一切顺利。欧洲巴士公司的大巴一如往常准时进站。我也一眼看到那个吃炸鸡、喝啤酒的少年。他是斯洛伐克人，恕我没问他的姓名。他一坐到我旁边的座位上，便脱掉羽绒服，露出与时令毫不相称的短袖。他埋头吃着炸鸡——貌似是隔夜货色，因为纸桶边缘已经浸透油渍，炸鸡看上去也疲沓沓，失去应有的尊严，可少年仍然狼吞虎咽——急需补充蛋白质的年龄。

　　此刻，大巴已将布达佩斯甩在身后，一路向着西偏北方向驶去。我想起，我曾经走过这条路，不过那是一年前，从相反方向前往布达佩斯。如今再走，是想去捷克的第二大城市布尔诺，再从那里租车环游摩拉维亚地区。

冬天日短，很快就到了黄昏时分。我看到窗外壮观的白色风车群，像巨人伫立在半明半暗的旷野上。记忆中，此地离维也纳不远，牙科与美容业格外发达。大批维也纳人会开车过境，来这里享受廉价的匈牙利服务。

之前，我通过网站预订了布尔诺市区的一间民宿公寓。从照片看，主人是一个孤艳的罗马尼亚女子，名叫玛丽亚。看着窗外渐渐熄灭的世界，我开始回想自己为何会预订她的公寓——我本可以在汽车站外随便找一家旅舍敷衍一夜的。

或许因为她那张孤艳的照片？或许因为她是独自生活在捷克的罗马尼亚女人？或许仅是一时冲动？无论出于何种原因，我都要承受相应的后果，夜晚到达布尔诺后找到玛丽亚的公寓，而所能凭借的只有一张捏得汗津津的、写有地址的字条。

吃炸鸡的少年已经戴着耳机睡去。啤酒罐插在座椅前的网兜里，T恤上尤有炸鸡的碎屑。车上的大部分人也都睡了，他们是回家的本地人，再睁开眼就是温馨的家，因此大可无忧无虑地酣睡。只有我凝视着窗外，对将要抵达的城市茫然无知，预感这一夜将会格外漫长。

大巴在布拉迪斯拉发停靠半小时。这座斯洛伐克的首都，像离地球最远的星球一样黯淡。车站外，一条土狗摇晃着尾巴，跑过一家濒临倒闭的酒吧。除了梅赛德斯-奔驰的广告牌，我几乎没看到什么发光的物体。

一年前，我曾在布拉迪斯拉发短暂停留。我还记得一个为脱衣舞酒吧拉生意的小贩冲我大喊："你永远不会再来这里了！"我的确没找到再来的理由，然而这辆开往捷克的大巴却将我抛在此地。

我看到吃炸鸡的少年穿上羽绒服下了车，很快消失在布拉迪斯拉发的夜色中。我把他遗留下的炸鸡桶带下车，扔进垃圾箱，感到一阵饥饿。我在车站里走了一圈，没发现什么像样的地方，只有一个公共汽车改装的餐吧，唯一的顾客是厨师本人。我回到半空的大巴上，伴着炸鸡的余味，闭上眼睛。

我很快就会进入捷克的地界，只是窗外的景物已经无从辨认。大巴经过了一些晦暗不清的小镇，当我看到一个稍大点的城镇时，我想布尔诺也许快到了。车上的人开始收拾东西。我帮一个女人拿下行李架上的背包，然后问她："到布尔诺还有多久？"

"这就是布尔诺，"她以不容争辩的口气说。

"已经到了？"

"到了。"

我跳下车，呼吸着捷克夜晚的空气。没错，这的确是布尔诺——捷克的第二大城市，摩拉维亚州的首府。汽车站紧邻着火车站，走出去便是纵横交错的电车轨道。对面是一排旅馆和餐厅，人们进进出出，展示着一座小城市的夜生活。同车的人很快作鸟兽散。

他们的旅程已经结束，而我的刚刚开始。

2

玛丽亚的公寓离市中心只有四站电车,可电车刚开出两站,周围就变成了冷清的社会主义郊区——布尔诺的核心区域是可以步行丈量的。空旷的街边停满十年前甚至更早的斯柯达、菲亚特和大众,加上颇有年代感的建筑,宛如一座露天怀旧博物馆。车厢里只有几位乘客,都戴着帽子,沉默不语。电车与铁轨的摩擦声,撕扯着静悄悄的夜晚。

我在斯拉夫大街下车,街上空无一人。天空呈现出一种深沉的宝蓝色,可以看到灰色的云朵迅疾流动。路边是一致性的两层小楼,有些点着灯,但听不到一点声音,人们似乎都在不声不响地生活。

我试图想象在这样的城市长久居住的生活。我会从超市买回很多食物和酒,每晚自己做饭,然后打开台灯阅读。实在无聊的时候,就去街角的小酒馆喝上几杯。我会找到一个好姑娘,与她一起生活,生儿育女。除此之外,我实在想象不出还有什么可能性。

我会喜欢这样的日子吗?我边走边想,然后意识到,这里也是赫拉巴尔和雅纳切克的老家。

玛丽亚的公寓同样位于一栋两层小楼里,只有一层的房间亮着灯。我按下门铃,一个女人快步走来的声音。

"嗨，你好，我是玛丽亚。"开门的女人说。

她和照片中的样子相差不远，只是肤色苍白，如同时光久远的油画，褪去了一层色彩。她穿着白色家居服，红色拖鞋，大概刚刚洗过澡，头发还带着潮乎乎的香气。

她领着我走进我的房间，就在她房间的对面。隔壁则是厨房兼餐厅，可以泡茶、煮咖啡或烤面包片。

"如果想喝酒或吃东西，冰箱里也有。"她边说边拉开冰箱门。我看到里面有奶酪、袋装蔬菜和半打"布尔诺之星"啤酒。

"还可以接受吗？"她笑着问我。

"非常好。"我回答。

等我收拾完行李，到厨房找吃的，看见玛丽亚正倚在窗前，对着大街抽烟。

"希望你别介意，"她对我说，"这东西还戒不了。"

"干嘛要戒呢？"

她笑了。"确实也没什么非戒不可的理由，这大概是一个人生活的好处。"

"喜欢一个人生活？"我问。

"至少没太多坏处。"她抖了一下烟灰，仿佛抖下生活的重负，"你呢？为什么来布尔诺？"

我告诉她，我打算从这里租车前往奥洛穆茨，之后或许再一路北上。

"我去过奥洛穆茨，很安静的地方。"

"布尔诺也很安静。"

"和布拉格比起来，这里确实像是另外一个世界。"

我问她为什么会来这里。因为我知道很多罗马尼亚人都去布拉格、巴黎或者米兰。

玛丽亚说，她的第一份工作是在布尔诺找到的，一家叫"怪兽"的猎头公司，之后就留在了这里，也渐渐适应这里的生活。

"其实对于去哪里生活我一向开放，"她说，"唯一的信念就是离开罗马尼亚。"

"为什么？"

"那里的政治太腐败，让人感到窒息。你知道吗？布加勒斯特有上百万只流浪狗，它们整天在街头游荡，没人照料，自生自灭，这差不多就是罗马尼亚的缩影。"

我告诉她，我看过一部罗马尼亚电影《橡树》，是吕西安·平特莱导演的，不过那已经是很久以前的事了。

　　也许有那么一天，不知道是过了多少个和平日，也不知道是在哪一个未来，我回到那有连绵群山的国度去，就是梦中我骑着白猪飞去的地方。人们说，那里就是我的家乡。

　　　　　　　　　　　　——赫塔·米勒，《呼吸秋千》

玛丽亚掐灭烟蒂，问我要不要吃点什么，或者，喝上一杯。

我从冰箱里拿出两罐"布尔诺之星"，递给她一罐，然后切了一小块奶酪，又用袋装蔬菜简单地做了一份油醋沙拉。我们小口喝着啤酒，那种微带苦味的捷克比尔森啤酒。透过窗玻璃，能看到昏黄的街灯晃动着夜晚，玛丽亚的侧脸因此有了一层桃子般的光晕。

　　玛丽亚告诉我，她之前有过一个室友，是一个学建筑的捷克女孩，就住在我那个房间。后来她去了英国，而玛丽亚不想搬家，也不想再找一个长期室友。她在短租网站做了登记，心情好的时候就把房间租出去。如果申请人不合心意，就干脆让房间空着。

　　"这么说，我算幸运的了。"

　　"你大老远从中国来，我怎么能拒绝你？"

　　我和她碰了一下杯。和刚才相比，她的脸色似乎已不那么苍白，但有一种细碎的、闪烁的孤寂。

　　我问她平时喜欢做什么。

　　"看书、听音乐、练瑜伽。凡是可以一个人做的事情都做得津津有味，不会觉得无聊。周末有时也会和朋友一起去酒吧，不过还是和自己相处的时间更多。"

　　"有过男朋友？"

　　"当然，"玛丽亚笑了，"只是相处一段时间后发现，那种建立在共同生活基础上的固定关系并不是我想要的。"

　　她喝了一口啤酒。鼻梁骨在光影之下显得小巧而高挺，睫毛好像米色的蛾翅，歇落在面颊上。

"我更喜欢陌生人间的善意和理解，那种没有附加条件的爱，"她的手指拨弄着啤酒罐的铝环，"当一个人爱你，他并不是想从你身上得到同样的回报，而仅仅是出于一种爱的本能。我喜欢这样的感觉，它让我觉得温暖，没有负担。"

我点点头。"因为是陌生人，这种爱大概也是短暂和偶然的。"

"可能吧，可又有什么关系呢？"玛丽亚微笑着，"而且，因为是陌生人，即便得不到这些，你也不会觉得失落。"

"这和旅行的感觉很像，除非你非常富有，一切都用钱打通，否则总需要依靠陌生人的善意，才能走到下一个地方。"

"旅行，在某种程度上，也就是人生的模拟吧。"

"或者说，戏仿。"

"你去过很多地方吗？"

"不算很多，"我回答，"不过旅行改变了我，所以我能理解你刚才说的意思。"

"谢谢。"玛丽亚又点起一支烟，深深吸了一口，一阵白雾在我们之间升起。可我却突然觉得她不那么神秘了，仿佛从那张孤艳的照片中分娩出来，仍然保留着一颗少女之心。因为这个发现，我感到十分欣慰。

"还要再喝点吗？"她摇了摇空了的罐子。

"为什么不？"

"再来点音乐？"

"太好了！"

"我喜欢捷克啤酒。"

"每天都喝？"

"对。"

"我也喜欢，"我笑着说，"说不定这才是我来布尔诺的原因。"

玛丽亚放起西蒙和加芬克尔的老歌，我们一边听一边喝啤酒打发时间。有一阵子，我们都不再说话，任由思绪沉浸在歌声里。

在那场闪烁不定的对话中，几声肤浅的叹息，就是你我生活的边界。

——西蒙和加芬克尔，《闪烁不定的对话》

3

布尔诺的清晨，电车响着铃铛驶过晨雾刚刚散去的街道。我看到一伙儿穿着西装和大衣，戴着礼帽的老人相扶走向教堂。卷心菜广场上行人寥落，店铺大都还未开门，唯有街角小酒馆的招牌早早亮着，门上写着营业时间"6 am—4 am"。

我从门前走过，看到里面已经坐了几个人，迷迷糊糊地端着啤酒杯，喝着他们的"叫醒酒"（wake-up drink）。我很想走进去，与他们一一碰杯，但我还要赶往布尔诺机场。在那儿，租车行为我准备了下一段旅程的用车——一辆菲亚特熊猫。

布尔诺机场距市区七公里，形状宛如趴在荒野上的外太空生物。候机大厅空无一人，因为整个上午都没有航班起落。全天也仅有飞往莫斯科和伦敦的两个班次。

租车行小姐显然盼了我好久，所以一见到我就迫不及待地说起英文。大意是责怪我迟到了半个多小时，要我支付二十欧"罚款"。她是个胖乎乎的金发姑娘，胸部丰满，穿着高领毛衣和牛仔裤，飘散的古龙水味儿仿佛昨夜的情欲。考虑到整座机场就她可怜的一个人，我把一张崭新的二十欧纸币交给了她。

"还没吃早饭吧？"我问。

"什么？"

"早饭。"

"这里没有卖早饭的。"

"我是说你还没吃早饭吧？"

车行女孩耸了耸肩，算是回答了我的问题。她找出一串钥匙，带我走向外面的停车场。

如果说我在匈牙利租的 Polo 足可令我脱颖而出，那么这辆白色菲亚特熊猫毫无疑问会让我泯如众人。我看了看仪表盘，已经开了十四万公里。无论坐垫还是椅背，看上去都历经沧桑，像屠夫的围裙，带着日积月累的污渍。

车行女孩把租赁合同交给我，转身欲走。我问她是否需要搭车回城。

"什么？"

"搭车，我可以送你回布尔诺。"

她以手术刀般异样的眼神上下扫了我两眼，随即得出结论："不了，我还是搭公共汽车吧。"

她转身离去，只留下一阵若有若无的古龙水气息。

我装好导航，一路开回玛丽亚的公寓。她刚刚起床，正拿吹风机吹头发。我与她告别，告诉她我要上路了，后会有期。

"我们还会见面吗？"她问。

"也许，不过再见面的话，我们就不算陌生人了。"

"你说得对，所以我希望再见到你，又不希望。女人很奇怪，是不是？"

"这个世界不也很奇怪吗？"

"祝你在这个奇怪的世界上一切顺利。"

"你也一样。"

我开着菲亚特熊猫驶出布尔诺。天气非常好，阳光灿烂得给人夏日之感。我看见大片枯黄的麦田在风中跌宕，麦秆闪着金色的光芒。不时经过一条静静流淌的溪流，摩拉维亚的村庄坐落其侧，教堂与世无争地矗立，宁静得如同巴比松画派的风景画。

我没有直接开上通向奥洛穆茨的高速公路，而是走一条蜿蜒的小路，前往摩拉维亚的斯拉夫科夫。那里爆发过三大帝国间的战役，拿破仑的大军最终击败了奥匈帝国与沙皇俄国的联军。

决战发生在斯拉夫科夫以西十二公里处的荒野中。我开车在附近兜了几圈，终于找到了那座小山包，如今那里矗立着一座和平纪念碑。我把车停在山脚下，步行走到山顶。远山平缓，绿色的田野一望无尽。从云缝间泄露的天光，照射在远处黄红相间的村庄上，让人无法想象这里曾经发生过惨烈的战争。

纪念碑是砖石结构，像一座白色佛塔，后面立着法、奥、俄三国及欧盟的旗帜，无遮无拦地面对着田野和树林。我看到一个老妇从山脚下走上来，穿着捷克农人的冬衣，围着驼色羊毛头巾。她从我身边走过，并没有注意到我。她径直走到纪念碑前，凝视片刻，然后转身面对浩荡的田野。阳光照在她的身上，山风拂动她的头巾，她就这么站在那里，脸上的皱纹如刀刻一般。我想，她也许就住在附近的村子里，从年轻时就来这里玩耍。对她来说，缅怀早已不再重要，因为除了这座纪念碑，大地已把一切过往埋葬——它只是无穷无尽的现在时。

我喜欢这种"天地不仁"的感觉，它让我明白一切都没那么重要。如同冬枯夏荣，其实早有安排，人世的成败也同样如此。我们真的可以改变什么吗？我站在山上想。抑或，我们只是命运的傀儡？

我想起在印度，在佛陀讲法的灵鹫山上，我也曾想过这个问题。当我下山时，我看到黑瘦的乞讨者伸出像天线一样的手。

是的，旅行让我一次次确认人生的虚无，然后在随波逐流中继续我的人生。

我离开斯拉夫科夫，开上高速公路，在麦浪中不辨方向，到达奥洛穆茨时已是黄昏时分。

4

我把车停在旅馆门口，提着行李进门。门厅里铺着栗色的绒毛地毯，上面是吸尘器留下的纵横交错的痕迹。前台是一个年轻姑娘，对我报以热情的微笑。我把证件交给她，看到她手腕上套着两根橡皮筋。

"房间就在旁边，可以先放行李。"她说。

等我把行李放好回来，她已经用橡皮筋把头发扎了起来。

"只住一晚？"

"是的，明天去波兰。"

"有车？"

"在门外停着。"

她微笑着把护照还给我。于是我问她在这里工作多久了。

"我是奥洛穆茨大学哲学系的学生，在这里做兼职而已。"她告诉我。

"哲学系怎么样？"

"挺不错，有时间做兼职。"

"赚钱比哲学有意思？"

"也不见得，"她把一绺头发别到耳后，"只是让生活丰富多彩一点。"

"参差多态是幸福本源，罗素说的。"

"你也是学哲学的？"

"不，我自学成才。"

姑娘笑起来："你真有趣！"

"那我就把这当成赞美了。"

"好吧，你可以这么认为，"姑娘说，"知道吗，你是今天最后一个客人。"

"抱歉，让你久等了。"

"没关系，反正可以早走，"她看了看表，"冬天没什么客人。"

"可能吧。"

"奥洛穆茨是大学城，现在放假了，没什么人，"她耸了耸肩，"不过我和朋友晚上去参加舞会。"

"什么舞会？"

"就是跳舞呗，在另外一个朋友家里。你去吗？"

"我上年纪了。"

"你还行，还不老。"

"真的吗？"我笑了，"那好吧，写个地址给我，我出门逛逛再去。"

她撕了一张便笺纸，写上地址递给我。我折好，放进兜里，然后戴上围巾出门。

　　我走在奥洛穆茨的夜色中。太阳落山后，气温便急转直下，空气中有股松枝冻裂的气味。我加快步伐，让自己渐渐暖和过来。上城广场上的人还不少，"三位一体"圣柱在暮色中彰显出中世纪的威严。广场显得很宏大，可能是布拉格广场之后捷克的第二大广场。但是相比早被游客占领的前者，这里要低调内敛很多。广场两侧有几家餐厅和商店的灯光在闪烁，鹅卵石路面的尽头停着几辆小汽车。很多本地人拿着热红酒，聚在广场拐角的那家酒吧门前交谈——这是饭前喝上一杯的时间。

　　我走过人群，纷飞的捷克语如雨点般洒在我身上，等我走过去，一切又恢复了安静。我经过市政厅和天文时钟，进入相对僻静的小巷。窗子里透出的灯火，点燃了昏黄的街道。我路过一座教堂，门开着，里面只点着一盏吊灯。我就在椅子上坐了一会儿，试着分辨四周的壁画。光线过于暗淡，我只能看到壁画模糊的淡影，那是一个垂死者跪在圣塞巴斯蒂安面前。

　　我突然明白，这幅壁画与黑死病有关，而奥洛穆茨曾是一座被瘟疫和死亡笼罩的城市。黑死病是一种腺鼠疫，但在中世纪一直被认为是上帝对人类的惩罚。这种疾病在欧洲蔓延过数次，欧洲三分之一的人口因此丧命。奥洛穆茨的下城广场上，至今矗立着玛丽安黑死病纪念柱，纪念 1714 年至 1716 年的那场大瘟疫。

壁画中，塞巴斯蒂安是一副受难者的姿态。他生活在 3 世纪中后期，是一名士兵，因信仰天主教被判处死刑，却在箭雨中奇迹般地活了下来。人们之所以向他祈祷，是因为他身受箭伤而不死。

箭，一直以来就是上帝向人类发起疾病的隐喻。

　　把我的箭向他们射尽。

　　　　　　　　　　　　　　——《旧约·申命记》

我感到一阵寒意，便走出教堂，走进空旷的街道。天空中成群的乌鸦仿佛夜的碎片，纷纷扬扬。我走过教堂附近的一个电车厂，院子里停满电车，铁轨像黑色的血管，从四面八方伸向洞开的铁门。一个戴着棉帽的工人在给车辆做最后的检修。街灯摇晃，把周围的一切啃得模模糊糊。我突然有一种奇怪的感觉，这些电车在眨眼，做鬼脸，只等检修工一走就会活过来，成为夜晚真正的主人。

那么我呢？

我不过是在偶然的时间，偶然地出现在这座城市罢了。我不会拥有它，它也休想占有我，我们只是短暂拥抱，就像酒吧相遇的姻缘，酒醒之后便音讯全无。

我终于走进一家路边的小酒馆，里面暖洋洋的，电视正播放足球比赛，厨房飘来炸薯条的香味。当地人三五成群地坐在一起，聊天，看电视，有一搭没一搭地喝啤酒。在欧洲腹地的冬天，只有神圣的教堂和世俗的酒馆，让我感到满血复活。它们就像虚空之中的两个圆圈，交集便是人类生活的核心。我必须感谢它们，没有它们的存在，我将成为无家可归的幽灵。

一男一女走进来。他们一边与侍者打招呼，一边脱掉大衣，露出里面的短袖 T 恤。女人点了摩拉维亚白葡萄酒，男人点了啤酒，一端上来，就迫不及待地喝了一大口，胡子上沾满白色的啤酒沫。女人戴着漂亮的大圆耳环，优雅地晃动杯子。

看着他们，我突然意识到自己只是一个人的事实。倘若不是处于渴望之中，一个人可以是巨大的快乐。然而在奥洛穆茨，"一个人"又是双重意义上的：不仅是一个人，而且是一个身在异乡的人。当然，那感觉不坏。

我一边这么想，一边点了一杯 1623 年建厂的奥斯拉瓦尼啤酒，又点了一客牛排和一份煎奥洛穆茨奶酪。奥洛穆茨奶酪略带臭味，但与啤酒非常相称。我就着冷冽的啤酒，将牛排和奶酪一扫而光，然后又要了一杯。这次我喝得很慢，一边小口呷着，一边琢磨接下来的行程。

第二天一早，我将开车翻越苏台德山，进入波兰，到达西里西亚的首府弗罗茨瓦夫。在长达两个世纪的时间里，那里都是普鲁士和德国的领土，直到二战结束后，才重新划归波兰。与摩拉维亚相比，西里西亚又是另外一段不同的故事了。

但是我知道，我并非全然为历史而去。旅行时，我总是拿出地图，测算自己与边境的距离。很多时候，我只是希望找到一条可以穿越的边境，抵达一个可以抵达的场所。对我来说，"抵达"这一行为本身就可以构成旅行的全部意义。

我喝完啤酒，付了账，然后走出酒馆。这是漫长的一天。明天我将离开奥洛穆茨，离开摩拉维亚。我把前台姑娘写的字条拿出来，看那上面的地址。年轻姑娘的笔迹，不禁让人莞尔。但今晚的我老了，不打算再去跳舞。

5

第二天清晨，菲亚特熊猫的车窗上结满了冰霜。我启动汽车，等待引擎的热量慢慢将冰霜融化。我去旁边的面包店买了新鲜出炉的羊角面包和现磨咖啡，翻了翻当地报纸。太阳出来后，冰霜融化得像溃不成军的战场。

开出奥洛穆茨，很快便进入山区，房子越来越少，车也越来越少。菲亚特熊猫的广播开始出现信号不清的"沙沙"声，那是接近边境时才会有的"小奏鸣曲"。苏台德山脉位于德国、波兰、捷克三国边境，北向东走向，长约三百公里，由一系列平行山脉组成。我对它的了解源于二战的历史。1938年，希特勒吞并了德语居民占多数的苏台德地区，成为第二次世界大战的导火索。

我行驶在僻静的林间公路上，两旁的森林随山势起伏，恍如一匹冬青色的绸缎。天空框在行道树构成的堤岸间，像一条倒挂流淌的白色大河。周围没有行人，也看不到村落。只有我和车，在天与地、山与林之间穿行。

我喜欢这样的感觉——速度所带来的单纯喜悦。因为缺乏一定的对照物，那感觉又像是在光滑无痕的平面上静止不动。此时能听一点舒伯特就好了，我想。如果可以的话，希望是《冬之旅》。

《冬之旅》叙述了冬天里一位失恋者的孤独旅行。二十四首歌词，都来自威廉·米勒的诗作。创作这些歌时，舒伯特不过三十岁，和我一样的年龄。然而歌曲中的情绪却是如此阴冷而悲伤，仿佛在感叹人生的晚景。果然，在完成这些歌曲后的第二年，舒伯特就离开了人世。

我打开一点车窗，清凉的空气涌了进来。周围的风景已经越来越荒，我应是在向着山中更深处前进。我开过一段砂石路，然后是一段新铺就的沥青路，这样开了几公里，一排红色的隔离墩将前路彻底阻住。隔离墩后面，仍有一条沥青公路通向森林深处。我想，那应该是波兰方向，可怎样绕行过去呢？

我熄火，下车，周围一下子安静下来，甚至连溪水和鸟鸣也没有。我走过去检查隔离墩，试着搬动其中一个，可是它纹丝不动。我环顾四周，想找到一条小路，果然发现森林深处有一条土路。那其实很难说是路，只是一条勉强容得下一辆微型轿车的小径，看上去像是伐木工人进出森林时用的。我把车小心翼翼地开进去，高大的树木包围着我。色调灰暗的树干，遮天蔽日的枝叶。小路弯弯曲曲，细碎的阳光像小银鱼在林间跳跃。GPS已经彻底失去信号，画面上只有一个孤独的蓝点。

路越走越窄，树木渐渐从路中间横生出来。我终于不得不把车停下来，因为已彻底置身于森林深处。我打开车门，下车，深深地吸了一口气。涌进鼻腔的气息是如此清新，简直如饮醇醪，并且一团一块地混杂着森林幽冷的清香。周遭半明半暗，脚下满是落叶和羊齿，什么地方似有小溪流淌，水流声隐隐传来。我仔细环顾四周，环顾密林，可是看不到丝毫人迹。我想，如果此时有虎狼从林间缓缓走出，我也一点都不会感到意外。

在这里住上一段时间应该不错，我想，除了需要面对未知的恐惧——我究竟身在何处？这条小路最终通向哪里？我还能找到回去的路吗？答案不得而知。我突然感到一阵阴冷，因为这个世界上还有许许多多我所不知道的事情。

我在狭小的空间里掉头，按原路返回，所幸路线大致还记得。花了比来时更长的时间，我终于回到森林的入口。隔离墩仍然立在道路中央，风翕动着树叶，一切似乎都没什么变化。这时，我注意到半山上有一座小木屋，烟囱里冒着烟，看来有人居住。刚才怎么没有发现呢？我一边想着，一边沿着碎石路驱车上去。转过一道弯，发现木屋前还有一个院子，里面停着一辆大众旅行车。

可能听到引擎的声音吧，我刚下车，门开了，一个男人探出头来。他大约四十来岁，穿着格纹衬衫和棉坎肩，蓝色牛仔裤，戴着一副圆边眼镜，留着棕色络腮胡。头发也是棕色的浓密鬈发。他一手扶着门框，一手插在裤兜里，一只白色萨摩耶从后面探出头。

"你好，"我说，"我从这里路过，请问附近有路通向波兰吗？"

"山那边就是波兰了，"男人以流利的英语回答，"可是这条路封死了。"

"从那片森林里能不能穿过去？"

"森林吗？"男人摇着头，"那里是穿不过去的。"

"那么森林通向哪里？我看到有条小路。"

"哪里都不通，里面只有森林而已。"

我想着他的话，脑海中浮现出一片无边无际、没有尽头的森林。

"那有什么办法去波兰的弗罗茨瓦夫？"

"你要往回开二十多公里到顺佩尔克，那里有路通向波兰。"

"顺佩尔克？"

"对，那是附近比较大的城镇。"

我向他表示感谢，他说不用。我问他是不是在这里居住。

"这是我放假时来住的乡村木屋，"男人回答，"这里空气很好，非常安静，适合读书、思考。"

"看起来很棒。"

"如果愿意，还可以去森林里散步。但是要小心不能走得太深，否则可能会迷路。"

"你在这里也会迷路？"

"任何人都会迷路，我们对周围世界的了解并没有我们想象的多。"

"你做什么工作？"

"我在大学教历史。中世纪史，具体来说。"

"一定很有意思。"

男人微笑着。"你从哪里来？"

"中国。"

"你好，"他用不那么标准的中文说道，"要不要进来坐坐？"

我看了看表，"非常想，可是还得尽快赶到弗罗茨瓦夫。"

男人点点头。"那么，祝你好运，年轻人！"

我与他挥手告别，一路开回顺佩尔克，再从那里开上一条北上的公路。我翻过几座山脉，一路都能看到行李架上绑着滑雪橇的汽车"嗖嗖"驶过。山间有白色的滑雪道，在阳光下闪光。我在象征波兰国界的路牌前停车。除此之外，没有别的标志或哨卡，只是一切文字都突然从捷克语变为波兰语。边境线是多么有趣的存在：这条看不见的线，竟可以区分两个国家、两个种族、两种文化。

我停在这里，静静回想我在摩拉维亚的日子。吃炸鸡的男孩、玛丽亚、做兼职的哲学系姑娘、休假的历史老师，一切都像是雾中风景。

我踩下油门，进入波兰。

第四章

弗罗茨瓦夫与平行世界，叶子和臭鼬，一场风暴的结语

1

波兰，总让我感到一种悲情。它的名字似乎有一种天然的雌性气息：忧郁、纤弱甚至带点受虐意味。给我这样印象的国家，除了波兰，还有乌克兰。它们都不幸夹在德国和俄罗斯这两个雄性掠食国家之间，注定了坎坷的命运：国境线总在变迁，人民总在迁徙，总是成为战争和杀戮的牺牲品。对它们来说，无论亲近德国还是俄罗斯，都不是什么好的选择。所以1944年，荷兰作家奥黛特·科伊恩写道："对波兰来说，最好的出路就是加入大英帝国。"

她显然高估了帝国的运势——从印度到加勒比，从马来半岛到埃及，帝国的衰退是如此迅速，以至于不过三十年之后，作家简·莫里斯就只能在《大不列颠治下的和平》三部曲中追忆

帝国的荣光了。

"这他妈的是怎么回事？"记得在印巴边境城市阿姆利则，一位拥有帝国情结的英国佬红着眼问我。他的目标是走遍英国所有的旧殖民地。

"对不起，他喝多了，"他的马来籍妻子说，然后又要了一瓶冰镇翠鸟啤酒，"他就是三瓶的量，喝到第二瓶时就爱胡言乱语。"

我开着菲亚特熊猫冲出苏台德山区，进入沃野千里的西里西亚平原。我突然明白，理解西里西亚成为各方角逐的对象，就像理解英国醉汉的愤怒一样轻松。窗外的土地委实过于平坦，过于肥沃了，而且就在德国嘴边。它一望无际地伸向远方，与波兰大平原连为一体，直至波罗的海沿岸。在那里，它又将与俄国的"飞地"加里宁格勒相遇。这真是命中注定的悲剧。像所有悲剧一样，难以置信，但又千真万确。

同样难以置信又千真万确的是，这条通往弗罗茨瓦夫的乡野公路居然堵车了。很多车调头转向，但这似乎并未使现状有所改观。我跟在车龙后面，除了田野和树木，周围几乎看不到什么像样的房子。前面的司机打开车窗，抽起了烟，后面的司机戴着墨镜，打起电话。我反复拨弄着收音机电台，几乎所有台都在喋喋不休地播放波兰语脱口秀，而这无助于缓解焦虑。我关掉收音机，无所事事地想起科塔萨尔有一篇描写堵车的小说。但那是通往巴黎的高速公路，可不是什么波兰边境线附近的小路!

我总算看到路边有家孤独的小超市,马上像个逃兵一样溜出队伍。超市里的货物都带着一副陈旧的历史感,只有熟食柜台摆满新鲜的香肠。旁边有张铁桌子,兼做餐桌和酒桌之用。此时只有一个留着浓密八字胡的老头,坐在那里喝啤酒。他的眼睛湿漉漉的,已经喝到对周围熟视无睹的程度。我闻到熟食柜台里的肉香,才想起自己一上午都没吃什么东西。我身上没有波兰兹罗提,只好羞愧地拿出欧元,一边比画一边向店主指着柜台里那条最诱人的香肠。他卖给了我,还找了我几枚兹罗提,这样刚好又够买一小杯啤酒。

我在老头对面坐下,他并未看我一眼,这让我对他的兴趣激增。我切了一截香肠,把盘子推到他面前。他不动声色地把啤酒喝完,起身离去。他像个修士一样,轻手轻脚地推开门,走进室外的白光中。门关上了,仿佛野兽把光线重新吞噬。

我把啤酒当作烈酒,只是偶尔呷上一口。等把香肠吃完,我就走出这家小超市。大地一片宽广,一队大雁飞过天空,车龙神奇地不见了,仿佛堵车从来就没有发生过,或者只是在另一个平行世界发生的事情。

"这他妈的是怎么回事?"我心里嘟囔着那个英国佬的话。毫无疑问,这是比大英帝国的衰落更难解释的事情。

我再次上路,经过一座小城,城外有几家大型超市,之后是住宅区,然后是城中心的教堂和残存的 18 世纪建筑——一座欧洲内陆小城的标配。生活在这里是便利和安静的，又是沉闷和无聊的。每个路人都面无表情地走着，尽管阳光耀眼，却有种阴沉的一致性。他们的灵魂大概也都皱着眉头。难怪欧洲人会喜欢东南亚，那里火热的生活，热带的生命力，如同疯长的藤蔓，一定让他们大为惊叹。

自己没有的就是好的——人类的天性。对他们来说，东南亚是这个同一性的世界上唯一不同的地方，甚至连神佛都是欢喜的、微笑的，不是愁眉苦脸的受难相。

人总得不时换换口味吧，这有助于身心愉悦，我想。所以，旅行就像走到另一个街面，尝尝新馆子：今天西班牙菜，明天印度菜，后天意大利菜……不过吃来吃去，你总有一天会发现，比萨饼就是馅饼，意大利面就是米线，奶酪就是豆腐，牛排就是烤肉，沙拉就是东北大拌菜，海鲜饭就是潮汕砂锅粥……旅行的意义，就此变得虚无。我见过不少游荡半生，间隔年数次的旅行者，最终变为熟视无睹的"废人"。

我知道，我必须延宕自己成为"废人"的过程，就像足球运动员维护自己的职业生命。延宕的诀窍之一，就是在旅途中尽量把自己置于不熟悉、无情调的境地。强烈的冲击容易让人懈怠，平淡无奇反而能让厌倦来得迟缓一点。

比如，我订的酒店在弗罗茨瓦夫市中心四公里以外。对于一座中欧城市，这已经算是城郊了。我把车停在酒店空旷的停车场，成群的乌鸦正黑压压地飞过，"呱呱"叫个不停。

房间在十六楼，可以看见一定程度上的风景——不是美丽的奥得河，不是老城栉比鳞次的屋顶，而是一座半荒废的体育场，一片社会主义气息的住宅区，驻满鸟巢的行道树，以及停着我那辆菲亚特熊猫的停车场。让我再次感到欣慰的是，房间同样以毫无特色的极简主义风格取胜——白墙、白床单、原木写字台，而不是什么精品酒店时下流行的风格。

我离开房间，在大堂里碰到一群参加宴会的波兰人。餐厅经理正忙得团团转，所有人都忙得团团转，连门童都被动员起来摆桌子。前台女孩告诉我，今晚会有一百人在这里用餐。我祝他们好运，推门走出去，知道今晚有了不必急着回来的理由。

外面空气冷冽，但并非不可忍受。我没有开车，而是沿着马路步行。街道很干净，波兰女人的颜值明显高于匈牙利。电车轰鸣着驶向老城，载着面无表情的人们。夜幕一旦降临，弗罗茨瓦夫似乎就更有了一种忧郁感——那是中欧的味道。

2

我跳上一辆电车，看到一些人提着购物袋，才意识到新年快到了。如无意外，我会在弗罗茨瓦夫度过这个没什么特别之处的特别日子。我望着窗外渐渐暗下去的街景，试图回想自己上一个新年是在哪里过的，但脑海中一片空白。不知从什么时候起，节日于我变成了无足重轻的苦行。我唯一的期望，变成了尽量不动声色地把这些日子度过去。我不会去参加什么集会，也不会刻意买那些根本用不上的礼物，我也尽量避免在那个日子去餐厅。找机会放纵自己一把？算了吧，我宁愿把放纵留在平时。我该欣喜于自己的成熟吗？还是遗憾于自己的冷漠？

我想象着此刻的北京，熟悉的街道一定已被节日的灯火点亮——可以想象的人群，可以想象的场景。然而，在弗罗茨瓦夫，车窗外的世界是如此沉寂。那都是一些没多少历史的建筑，连教堂也是新建的。我知道，1945 年弗罗茨瓦夫回归波兰时，只剩下一个空壳。二战的炮火将这座城市七成的建筑夷为了平地。

　　雕刻天使笑容的人们，现在他们的子孙正在推动加农炮弹。

　　　　　　　　　　　　　　　　　——兹比格涅夫·赫贝特

在这辆马力十足的电车上，我突然想到 1945 年的新年。那时的弗罗茨瓦夫还不是现在的名字。它叫布雷斯劳。1740 年成为普鲁士的领土后，它就开始叫这个德文名字了。长久以来，它是一座种族混杂的城市，但百分之九十五以上的人口是德国人。到了 1945 年，经过纳粹的清洗，它成了一座彻头彻尾的德国城市。

1945 年初，布雷斯劳的居民不会有任何喜悦。它们即将成为纳粹"要塞"政策的"炮灰"。这一政策要求布雷斯劳承担骑士时代要塞堡垒的功能：主动被盟军围困，然后尽可能拖住盟军兵力，为柏林赢得时间。

沿着此刻电车行驶的道路，平民首先被撤离到城市南郊。因为德国人相信，为了合围柏林，苏军会从城市北部发起攻击。那一年的天气异常寒冷，大雪纷飞，仅仅是步行撤离，就让一万八千人丧命，其中大部分是儿童。

撤离的人群中有爱尔莎·布劳恩——希特勒的情妇爱娃·布劳恩的姐姐。她坐火车回到柏林，被爱娃接进豪华酒店（今天的凯宾斯基大酒店）。她讲了她在布雷斯劳的见闻，抱怨希特勒正把国家拖进深渊。爱娃愤怒地指责姐姐不知感恩，应该被拉出去枪毙。

苏军的大规模进攻从城市的南部发起，这出乎德国人的预料，也让那些刚刚搬迁过来的平民成为炮火的牺牲品。我正穿过的这片街区就是巷战的主战场，这就是为什么放眼望去，所有的建筑都是新的。

负责围困布雷斯劳的是苏联元帅伊凡·科涅夫。他急于拿下这座城市，希望抢在朱可夫元帅之前攻占柏林。这将是载入史册的战役，也会让他在和朱可夫一生的较量中占据上风。

这就不难理解，为何就残酷性而言，布雷斯劳之围可以和斯大林格勒保卫战相提并论。轰炸是前菜和甜点，炮击和巷战是主菜。城市交通很快被切断，所有弹药和物资都靠驻守波西米亚和巴伐利亚的德国空军空投。恺撒大街被整体性推平，劳工和战俘用生命铺建出一条飞机起降跑道。

最初，人们觉得容克 88 型轰炸机像天使一样美丽，但很快发现，那是被盟军缴获的战机，投下的不是补给，而是炸弹。苏军同样伤亡惨重，当他们最终占领了城市南郊，士兵们展示了战争激发出的人类的全部兽性。正在军中服役的索尔仁尼琴回忆："士兵们都很清楚地知道，所有德国女孩都可以被任意强奸，然后杀掉。"

1945 年 5 月 7 日，在将近三个月的围城之后，布雷斯劳终于投降。它是纳粹德国最后一座陷落的城市——在柏林投降后，又苦撑了五天。

幸存的布雷斯劳居民从地窖中爬出来，发现眼前是一个完全陌生的世界：到处是弹孔和废墟，几乎没有什么像样的建筑。他们丢失了自己的房子、财产和亲人，也将丢失这座城市的名字——名字和命运往往联系在一起。

如果失去废墟，我们就一无所有。

——兹比格涅夫·赫贝特

我下了车，穿过车流，进入老城。这是一块鹅卵石形状的区域，在奥得河南岸，也是弗罗茨瓦夫的历史中心。市场广场非常宏大，是波兰第二大广场，仅次于克拉科夫。它的气魄和风格也很容易让人联想到后者。我看不出什么战争遗留的痕迹。

如果有什么蛛丝马迹，那它们也被暮色和粗俗的镭射灯遮蔽了。无论市政厅、圣伊丽莎白教堂，还是别的什么古迹，都有一种涅槃重生的光辉，仿佛一个二流的童话场景。

现在，市场广场上正搭建巨大的舞台，灯光和吊臂摄影车已经就位，大概明天晚上会有一场盛大的跨年晚会。

他们开始测试音响。重低音炮突然响起，让脚下的石头发出震颤。所有人都受惊似的抬起头，寻找声源。

——难道苏联人又来了？

人们的脸上带着催眠过的神情，然后随着强劲的音乐节奏，变为漠然。只有一队德国老年旅行团饶有兴致地驻足，彼此兴奋地说着这里曾经的母语。

气温比白天明显下降了，我能感到风透过羊皮手套，顺着指尖往上钻。跨年的时候，气温肯定会降到零度以下吧？晚会的歌手和舞蹈演员将何以自处？还是对波兰人来说，冰点根本不算什么？

我换了一笔钱，一身轻松地走出来，想到自己早上还在捷克的奥洛穆茨，而此刻已经怀揣巨款站在波兰的广场上，不由感到一阵尘埃落定的惬意。我很快为此付出了代价。

广场一侧是一串以低价酒水为噱头进行恶性竞争的酒吧。我几乎没过脑子地走了进去，点了一杯啤酒、一份波兰饺子，然后才仔细端详菜单。

毫无疑问，这是一家仅仅从菜单就能看出不怎样的餐厅。

无论哪个国家，游客集中的区域都有这样一些餐厅，它们唯一的资本是占据了核心位置，靠哄骗傻傻的外地（外国）游客维持生意。在这里，你能有幸享受到这个国家最不地道的食物、最差的服务，以及最名不副实的价格。每次路过这样的餐厅，透过窗户看到那些可怜的用餐者，我都会忍不住怒吼："这样的餐厅之所以还活着，就是因为你们这群游客！"然而现在，我竟然也成了其中的一员，非常游客地坐在游客中间，吃着莫名其妙的波兰饺子。

在旅游已经相当普遍的今天，"游客"（tourist）似乎已经变成一个格调不高的概念，暗含着浅薄、低俗之意。逼格更高的说法是"旅行者"（traveler）。

因为"travel"一词，来自古老的拉丁语，与宗教朝圣中的苦行和精神升华有关。在古代，旅行的最初形态和唯一目的就是朝圣。

我愤愤不平地胡思乱想，然后突然意识到，我竟然把饺子吃完了，甚至还包括篮子里的面包，以及那盘不太新鲜的生菜沙拉。这让我想起一则笑话：

> 这里的东西太难吃了，而且分量太少。
>
> ——伍迪·艾伦，《安妮·霍尔》

我旁边是几个刚刚相识的年轻人，有男有女。每个人手里都拿着一杯"螺丝起子"。显然，这里廉价的酒水，让他们手舞足蹈，眼睛放光。

"这里的酒太便宜了。"

"对了，你们知道哪儿能搞到'叶子'吗？"

"我认识一个人。"

"他能搞到'臭鼬'吗？"

……

原来，他们都是英国人，居住城市相距不远，又在弗罗茨瓦夫的酒吧相遇。他们来这里的唯一原因，是酒便宜，而且能搞到"叶子"——与历史无关，与文化无关，与旅行无关。

他们脸上长着青春痘和雀斑，张扬着年轻的神色，放纵着青春的活力。这将是他们飞翔的一夜。酒精不过是调情，叶子不过是助燃剂，性爱不过是水到渠成，高潮将像银河一样泛滥。

他们旁若无人，又喋喋不休，我突然感到自己的格格不入：一种硬物感，像怀里揣着一块铁。一方面，我坐在一群外国人中间，是一个种族意义上的局外人；另一方面，他们所谈论的话题，他们的生活方式，是我无法参与和加入的，这又是另一个层面的格格不入。

我要了一杯"螺丝起子"，带着一丝失落喝下去，然后又要了一杯。酒精就像筹码，在快乐的一端不断加注，直到它彻底压过失落的一端。这时如果你继续喝下去，快乐看似会继续增长，但失落最终会在第二天早上反败为胜。

我走出酒吧，穿过广场，经过布景舞台。很奇怪，酒精没让我暖和起来。或许那里根本就没有多少酒精，不过是两杯加了冰块的橙汁。这种可能性的好处是，我补充了足够多的维生素C。

在电车站，我看了一下时刻表，在一番专心的研究和思考后得出结论，电车会在十分钟左右后到来。我看着天上的下弦月，一颗人造卫星快速地飞过。

电车来了。它载我穿行在夜色中的城市——安静极了。那些飞驰而过的街道，那些闪烁的灯光，又像在召唤过去，召唤幽灵。我突然意识到，世界上至少有两个弗罗茨瓦夫——在平行的世界里，它们并行不悖。

3

第二天早上，太阳照常工作，但多少有点怠工。天空阴沉沉的，像给城市加了个黑白滤镜。这倒是和我心目中的（旧照片中的）弗罗茨瓦夫更接近。停车场上，我的菲亚特熊猫鹤立鸡群，因为根本没有别的"鸡"。它孤零零地停在那里，结满冰霜，好像荒原上一只被冻僵的驼鹿。我把它唤醒，而车厢里积蓄一夜的寒气也彻底唤醒了我。

这是一年的最后一天，路上几乎畅行无阻。那些战后才建起来的房子，气色看上去不错，因为又过了一年，它们都高兴于自己越来越有历史感了。店铺大都没有开门，到处偃旗息鼓。节日，在国内是黄金周，是商机，是报复性消费，在欧洲却是一年中最肃静的时刻。

我把车停在古城的巷子里，在人还不多的广场上溜达。白天，市政厅看上去气势更加宏大，里面有市民艺术博物馆，展陈着黄金工艺品和弗罗茨瓦夫的民间传说。广场上栖息着鸽子，有一面建筑被刷成了四五种颜色，像积木一样矗立着。广场西侧的兵工厂是一座15世纪的建筑，如今改建为军事博物馆，但也因为假日歇业。开门的只有那一串照顾游客的酒吧，它们现在又顺应时势地变为经营欧陆早餐的咖啡厅。

我发现，每个酒吧门口都三五成群地站着一些"异人"，可能是朋克或者嬉皮，要么就是两者以任意比例的混合。他们看上去傻透了，都有莫西干头、脏兮兮的辫子、黑皮靴、铁链子、鼻环或唇环。但他们有本事将这种傻气转换为一种良好的自我感觉，一种无畏，一种近乎精神病的优越感。世界的每个角落似乎都少不了这群人的身影，以至于我常常思考：什么样的雇主会雇用这些人？他们究竟以何为生？

我很高兴地注意到，在街角的另一撮人里，有昨晚那几个英国孩子。有了"异人"的映衬，他们正常得就像伦敦城市大学二年级的学生。显而易见，他们狂欢了一夜没回酒店。现在，两个男孩在抽烟，一个女孩半裸地瘫在墙边，还有一个女孩——那个自称能搞到叶子的女孩——不知去向。

我盘算着她去哪儿了，这像是一道哥德巴赫猜想：

a. 她搞叶子把人搞丢了；

b. 她没搞到叶子不好意思回来了；

c. 她搞到了叶子但决定据为己有；

d. 她被能搞到叶子的人搞走了；

……

我听到一声喧哗，有什么事正在发生。一个朋克用酒瓶爆了一个嬉皮的头。我看到嬉皮倒在地上，旁边是一地碎玻璃。这事突如其来，没人知道为什么，答案也不在风中。所有人都望着案发现场，包括那个打人的朋克。他的目光比谁都无辜，仿佛不明白那个酒瓶子怎么会从手里飞出去。

我想也许会有一场帮派混战、械斗或者火拼——朋克对决嬉皮，年度盛宴。然而，打人的朋克突然一声不响地走了。其他人也相继离去。没人愤怒，没人动手，没人过去看看那个倒地的小伙伴。就像一幕先锋话剧倏然收场，每个演员都酷酷地拒绝阐释，而把解读的权利交给观众。

我从嬉皮身边走过，他侧匐在地上，头顶是一小摊血，身体还在随呼吸起伏。他好像睡着了，又像在练习刚从印度学回来的瑜伽术。我看到广场较远的地方，有两个巡警走过来。我向他们招了招手。

"这个人受伤了。"我对他们说。

"你看到怎么回事了？"

"有人用酒瓶子砸了他。"

"好啊，谢谢。"巡警对我说，好像这一酒瓶子是我砸的，而且干得不错。

他冲着对讲机说着什么，里面一阵芜杂，然后他站在那里，望着虚空。

"这种事时有发生。"另一个巡警微笑着对我说。

我也报以微笑。

4

我在闲逛中发现了一座小矮人雕像，在圣伊丽莎白教堂附近一个不太起眼的墙边。我后来又在闲逛中发现了更多小矮人雕像。据说在弗罗茨瓦夫这样的雕像有七十多个，散落在城市的各个角落。

它们的个头只有一本书那么高，并不引人注目，但不知为什么，我的目光总会被它们吸引。它们有时候在地面上，有时候在窗台上，感觉像是遗落人间的小精灵。这些小精灵定格于某种身体姿态，某种面部表情，但我知道它们可能随时苏醒，拍拍翅膀，飞回天空。

这些小矮人是为了纪念波兰共产党执政时期的一个反政府组织"橙色道路"。弗罗茨瓦夫的市民认为，它是最温和且具原创性的反政府组织。它的反抗手段是用艺术的方式让政府看上去滑稽可笑。

比如，向市民散发当时炙手可热却极度短缺的日用品——卫生纸；号召民众穿着俄国水兵服，在警察局门前散步；发动市民打扮成小矮人，集体出现在广场上。这就是为什么在铁幕最终落下后，弗罗茨瓦夫把这些小矮人请回城市。它们旨在说明，当监视无处不在时，反讽也就无处不在。越多的监视与控制，也就给反讽越多的空间。直到有一天，反讽像这些小矮人一样，入侵整座城市，渗透进每个公民的思想。

那天，我乐此不疲地进行寻找小矮人的游戏，最终一共找到了二十八座。我不知道别人的纪录是多少，但我猜二十八这个数字并不出众，而且一定有人把四处逡巡的我当成了图谋不轨的小偷，或者丢了钥匙的倒霉蛋。

我在奥得河南岸的步行道上走着，旁边是弗罗茨瓦夫大学美丽的校舍，有着嫩黄色的墙壁和灰色的屋顶。此前，我刚在一家韩国餐厅吃了午饭。那条街上还有一家意大利餐馆和一家印度餐馆。想到这居然是我在波兰仅有的午餐选项，我就笑了。

我选择了韩国餐馆，表面上是因为 LG 在附近有家工厂，其实是觉得可能会在这里碰到一张东方面孔——一个独自旅行的东亚姑娘。结果什么都没有。我是这家餐厅唯一的顾客。服务员是个金发的、手脚灵便的波兰小伙子。他说这里是弗罗茨瓦夫最正宗的韩国餐馆。我问他，是否还有其他韩国餐馆。他说还有两家日本餐厅和一家中餐厅，"它们都卖石锅拌饭！"

对大部分欧洲人来说，东亚之间乃至东亚和东南亚之间的区别如同一个谜，因此经常可以看到越南餐馆兼卖中餐，中餐馆兼卖寿司，泰国餐馆兼卖中日韩料理的情形。有时候，你满怀思乡之情地走进一家中餐馆，与老板实际聊起来，发现他是越南人；有时候，你走进一家日本餐馆，想吃刺身、寿司，却发现正发号施令的老板满口东北话。

这家餐馆的老板有可能是韩国人。我点了石锅拌饭和紫菜卷，发现它们至少比昨天的波兰饺子更正宗。

我走过一座横跨奥得河的铁桥。对岸是沙岛和大教堂岛。岛上教堂众多，都有雄伟的哥特式的尖顶。河水并不宽阔，在冬日呈现深青色。一位运动员划着皮划艇，分开一道人字形的涟漪。河水摇晃着岸边的老城。有一瞬间，我突然感觉自己正走在塞纳河畔，而哥特式教堂让我想起波兰大诗人兹比格涅夫·赫贝特。作为哥特艺术的热爱者，他在铁幕低垂的年代，费尽周折到法国旅行，遍览了那里几乎所有的哥特式教堂。

与同为波兰诗人的米沃什不同，赫贝特除了旅行，一直生活在波兰。他曾在一家生产纸袋的合作社里当会计，还做过银行职员和安全服设计师。没人知道这位大诗人精通法文、意大利文，拥有经济、法学和哲学的学位。

年轻时，赫贝特曾为一个女人和别人决斗——一位素不相识的女性。别人当着赫贝特的面侮辱了她，他觉得除了决斗别无他法。对方的长剑两次击中了他，而他差点将对方的耳朵割了下来。

赫贝特的写作持续了大半个世纪，却无法在波兰出版。人们在图书馆里也找不到他的著作。苏东剧变后，生活状况依然没有改观。他跟很多朋友断绝了来往，与曾经的好友米沃什也渐行渐远。他的一生都生活在政治的阴影下——他无法苟同任何一个统治者。在他看来，政治和文学在语言和精神上迥然不同："对我有益的对他们有害，适合他们的我却觉得难以消受。我们是两种泾渭分明的风格。"

赫贝特经常怀念他在法国、意大利和希腊游历的日子。尽管在旅行中，他也像是一个来自中欧的工薪阶层，既寒酸又骄傲。

他乘火车到达巴黎时已是深夜，因为整趟旅行只有一百美元的预算，他没住进旅馆，而是在塞纳河畔彻夜游荡。

他记述自己参观拉斯科岩画的旅行，却提笔先写一段松露传奇，描述松露美妙的味道。原来，他那天早餐咬牙点了一份松露煎蛋卷。

在阿尔勒旅行时，他听说有一位喜欢美国烟的当地老人亲眼见过梵高，便在老人常去的咖啡馆守候。老人对这类问题毫无兴趣，赫贝特只好拿出一包美国香烟"贿赂"。老人告诉赫贝特："梵高总是扛着一块大帆布去田里画画，他像狗一样活着，孩子们都朝他扔石头，他的头发像胡萝卜一样下垂。"

但是在精妙的艺术面前，赫贝特的喜悦常常让他显得骄傲十足。这种骄傲甚至超越了他的出身、国籍和现实处境。考察拉斯科岩洞后，他激动地感到自己是大地的公民，"不但是罗马和希腊的继承人，而且是几乎整个无限的继承人"。遍访哥特教堂后，他回到巴黎的图书馆，当他发现并没有哪个学者写过相关领域的综述文章后，他就自己动手写出《一块来自大教堂的石头》。

5

参观完沙上圣母教堂后，我向西北方向走，不知怎的走进了一片住宅区。我经过了照相馆、咖啡厅、面包店。我经过画满涂鸦的楼房。我看到几个孩子正围着一辆老款大不列颠绿的甲壳虫放鞭炮。我拐到另一条路上，发现街角有一家小小的书店。透过窗玻璃，我赫然看到赫贝特的一本波兰文著作摆在桌子上。

我走进店门，留着齐耳短发的中年女店主正在打扫地面，大概就要关门了。我拿起那本文集，封面照片上的赫贝特正凝视远方，风拂动着他灰白色的头发，眼角布满鱼尾纹，后面是一条河和空无一物的旷野。我的心瞬间被这诗人的形象击中了。我拿起书，去收银台结账。女店主用波兰语对我说了句什么。我告诉她，我听不懂。

"我看你买这本书，以为你在这里留学呢。"她对我说。

我说，我只是游客。

"我很奇怪你会挑这本，赫贝特在波兰也不是太出名。你从哪里来？"

"中国，"我回答，"他是个大诗人，不是吗？可能比米沃什和辛波斯卡写得还好。"

"米沃什、布罗茨基、谢默斯·希尼都很推崇他，他也是我个人最喜欢的波兰作家，"女店主撩了一下耳边的头发，微笑着，"我很高兴中国人也知道他。"

这本七百多页的书收录了赫贝特绝大部分的随笔，包括他的游记和对古希腊神话的解读。我抱着书走出店门，内心充满喜悦。赫贝特一生都在写作，他觉得政治压制和经济贫困都不算什么，"会弄走那些非一流的作家"，但真正的作家不会停止写作。去世前，他患有严重的哮喘，但依然完成了诗集《一场风暴的结语》——这也是他一生的结语。

我经过附近一栋看上去颇有气势的楼房。楼前荒草萋萋，围着铁丝网，信箱上的名牌也已脱落。很多年前，这可能是一栋公寓，如今人去楼空，形同鬼宅。

在波兰，时间总像一个未愈合的伤口，展示着善良所引发的卑微希望。在希腊神话中，潘多拉打开匣子，飞出忧愁、疾病、灾难、悲伤……只剩下希望留在匣底。后来，墨丘利将希望送给人类。这样无论遭遇多大苦难，只要有希望，人类就不会被摧垮。我想，这也正是弗罗茨瓦夫、西里西亚，乃至整个波兰的动人之处。

是的，如果城市和人一样拥有性格，那么弗罗茨瓦夫是那种可以坐下来喝一杯的朋友。晚上，我去了一家古色古香的波兰餐馆，烛台在白餐布上摇曳，映照着墙上的油画和老照片。我看到莱辛1841年的画作《西里西亚风景》；德皇威廉二世1906年访问时的照片；1945年废墟中的弗罗茨瓦夫大学；1982年戒严期间波兰坦克进城；1997年教皇保罗二世造访……我一边观看，一边喝着波兰雪树伏特加，像穿过一道时间的走廊。

广场上，跨年晚会已经开始，动感的音乐响彻夜空。人们裹着大衣，戴着帽子，聚集在外面，脸上带着难得一见的笑容。摄像机的吊臂掠过人们的头顶，捕捉着台上歌手不太灵便的舞姿和嘴里吐出的白雾。旁边一个姑娘告诉我，他是当地很著名的歌手。如今，在接近零度的气温里，他穿着皮夹克，喘着粗气喊着："朋友们！让我们一起舞蹈！"

舞台两侧，一群青少年疯狂地扭动身体。我旁边的姑娘小伙儿们也开始蹦跶起来。

夜空清朗，广场一片通明，如一个巨型露天迪厅。我跟着节奏跳起来，想在开车回家之前，尽快把身体里的伏特加挥霍掉。

第五章

"舒伯特"号列车，帝国的切片，萨尔茨堡的雨

1

第二天早晨，我退了房，开车沿着通向老城的街道寻找能吃早餐的咖啡馆。这是新年的第一天，阳光格外明媚，但气温依旧很低。所有的店铺都关门了，街上也没有车辆。我沿着奥得河行驶，然后钻进老城的小巷。我看到一些喝醉的年轻人，衣衫不整地在街边走。毫无疑问，宿醉是开始新年的最佳方式。

我经过一家咖啡馆，进去喝了一杯浓缩咖啡，吃了一个羊角面包。透过窗户，我看见广场对面的花市只剩下一排空旷的货摊，阳光在彩色遮光棚上跳跃。

我想着下面的计划，赶回捷克的布尔诺，然后搭乘第二天的火车去萨尔茨堡。从地图上看，我可以走弗罗茨瓦夫－卡托维茨一线，然后经奥洛穆茨回布尔诺。这比我来时的路多了将

近一百五十公里，但好处是全程高速。

车上的电台终于不再播放波兰语脱口秀，而是迪努·李帕蒂演奏的肖邦。新年第一天的早晨，大概也没人愿意跑出来喋喋不休。我跟着音乐拐上高速入口，被警察拦住了。

他冲我晃了晃手里的警棍，我把车窗摇下来。

"早上好。"我用并不标准的波兰语说。

他一愣，看了我一眼，没想到我是个外国人。他用波兰语解释着什么，然后拿出一个测酒精的仪器。这是我第一次在国外遇到查酒驾，不是在半夜，而是在早晨！我转而意识到，在这片热爱酒精的土地上，大概喝个通宵才算常态。

我希望我的血液中已经没有昨晚的伏特加了，至少不要在仪器上显示出来——但愿如此。

警察看了看测出的数字，晃了晃警棍，示意我可以走了。在我摇上车窗的瞬间，我听他用英语说了一句："新年好！"

问候与道别，在匆匆一瞥间。

——辛波斯卡，《旅行挽歌》

我穿过大片的白桦林，看到一只小鹿在林中漫步。当然，一切很快就过去了。大部分时间，我面对的是近乎荒凉的风景。如果说开车是一种思考形式，那么它更接近冥想，不要求思想过于集中，而是鼓励思绪自由飘荡：回到布尔诺，我不打算再住玛丽亚家了。重逢让人尴尬，况且她的目光中有什么东西能够打动我，而我却不想被打动。

我知道，问题在我。

到达布尔诺时，天已经完全黑了。我在昏暗的市区边缘看到一家亮着灯的旅馆。我把车停在门口，行李留在车上，便去敲门。门自动打开了，里面坐着一位大叔。他穿着棉坎肩，搓着手从电脑后面站起来，两撇浓密的小胡子随之颤动。

"还有房吗？"我问。

"有，跟我来。"他二话不说就往门外走。

"喂喂，房间不在这里？"

"这里，满了，呃，别处，还有，嗯。"他操着破碎的英语，像一条哪里也无法抵达的坏公路。

我只好跟着他走出旅馆，在昏暗的巷子里左转右拐，最后来到一座没有亮灯的房子前。他摸索着钥匙，稀里哗啦，四周一片死寂。

"住在这儿？"我问。

"嗯，"旅馆大叔说，"和我一起住！"

我的脑海中本能地浮现出一幅和这位旅馆大叔共享一个房间的景象：当我半夜起身去洗手间时，正好和刚从厕所出来、穿着秋裤的大叔狭路相逢；他冲我嘿嘿一笑，说："别尿歪了。"

门开了，楼梯看起来一尘不染。我硬着头皮，随旅馆大叔爬上阁楼，里面有简单的家具和两张床铺，天窗斜对着夜空。

"住这间房，如何？"

"那你呢？"我惴惴不安地问。

"这是我家，"旅馆大叔正色道，"我，楼下。"

2

我在布尔诺的星空下睡得不错。天刚蒙蒙亮，我就起身去布尔诺机场还车。我看到一个练习跳伞的人，缓缓从天而降，落在一片农田上。现在，农田只是一片松软的黑土。透过车窗，我寻找那人跳下来的飞机，可是天上连一只鸟的影子都没有。机场也没人，这回连负责租车的胖女孩也没出现。我把钥匙留在柜台上，穿过空旷的候机厅，门外停着一辆开往市区的巴士。

路上，一个穿着皮夹克、长着亚裔面孔的男人上了车。我冲他点点头，借机攀谈起来。他说，他在火车站对面开了一家中餐馆，卖中式快餐、越南河粉、土耳其烤肉和寿司。

"那你是哪里人？"

"我其实是越南人。"他狡黠地一笑。

"生意一定很好吧？"

"还凑合，在火车站嘛。"

"这里的人能分清中国菜、越南菜和日本菜吗？"

"分不清。"他又狡黠地笑起来。

我们一起在火车站下了车。他和我握了握手，朝马路对面走去，黑色皮夹克的背影，匆匆越过电车轨道。餐馆门口，两个鞑靼伙计正忧郁地望着街道。

我在火车站买到一张"弗朗茨·舒伯特"号列车的车票，从布拉格开往维也纳，中途在布尔诺停靠。在列车时刻表上，我还发现了"古斯塔夫·马勒"号和"约翰内斯·勃拉姆斯"号——奥匈帝国时代，他们都是维也纳的风流人物。当时，整个摩拉维亚都处在帝国的影响下，这条通往维也纳的道路一定如昔日通向罗马的大道一样，充满着出人头地的愿望和对帝国财富的幻想。如今，一切都烟消云散了。

"舒伯特"号以一百五十九公里的时速行驶。我喝着从站台上买来的啤酒。窗外，成群的乌鸦压过安静的村庄，枯木倒在冰冻的小河里。偶尔驶过一家锯木厂，原木整齐地堆成小山，像冬储大白菜一样。我从下奥地利州进入奥地利。不久，火车缓缓驶进维也纳。

离开布达佩斯以后，我已经很久没见到这么大的城市了。13世纪，哈布斯堡家族的马克西米利安大公在家乡瑞士遭到农民反抗。他带着家族，沿多瑙河一路迁徙至此，那时的维也纳不过是神圣罗马帝国边境上的一座荒凉小城。后来，在哈布斯堡家族的统治下，维也纳日渐发达。德意志人、马扎尔人、捷克人、斯洛伐克人、克罗地亚人、塞尔维亚人、斯洛文尼亚人、意大利人、罗马尼亚人、波兰人——如果他们有志于为帝国效力，那么对他们来说，维也纳就是最高权力的象征。

现在这些人依旧还在，还得加上大量土耳其裔、非洲裔移民以及来自世界各地的游客。我走进地铁站时，一群吉卜赛人围着我又唱又跳，还有一个女人要为我买票效劳。他们看上去很寒酸，可一旦你发了善心，给了其中一个人钱，就会有更多的人把你围住——这就是吉卜赛人的"群狼战术"。

我在维也纳西站换乘前往萨尔茨堡的列车。维也纳西站比我之前下车的迈德灵火车站干净、气派些，这里主要经营前往西欧的线路。迈德灵火车站里有不少匈牙利人、捷克人和罗马尼亚人，而维也纳西站主要是本地人和游客。火车站里有卖各式吃食的餐厅，就连中式炒面店也人满为患。我随便找了一家店，吃了一份维也纳炸猪排，喝了一杯啤酒。

我买的是开往萨尔茨堡的慢车，票价也比快车便宜很多，而我恰好又有大把时间。车厢里十分安静，奥地利人不是望着窗外，就是埋首书间。我拿出一本英文版的《罪与罚》，但窗外的风景显然更吸引人。

离开维也纳不久，火车就开始沿着河谷行进，窗外是一派悦目的田园风光。经过梅尔克时，我发现多瑙河几乎就在眼前。在这里，河水既清澈又宁静，还没有流出一条大河的气象。

穿制服的列车员从车厢穿过。一般来说，这种本地人居多的慢车，列车员也懒得检票。但是看到我，已经走过半个身子的他又退了回来。

"请出示车票。"他看着我，仿佛发现了一只潜在的猎物。

我把票递给他，他接过来看了半晌。

"去萨尔茨堡？"

"票上是这么写的。"

他一言不发地把票还给我，继续走了。我朝他的背影暗暗
竖了竖中指。

"我刚才以为我要完蛋了。"坐在我对面的小伙子突然轻声
对我说。他把套头衫的帽子拉下来，朝后看了看，然后转过头
来，这次声音压得更低了：

"我他妈的没票！"

"什么？"

"真的，我身上没他妈钱了。"

"你是哪里人？"

"荷兰。"

我点点头。荷兰小伙子满脸大胡子，一头棕褐色鬈发，看
上去三十多岁，但实际上可能还没到二十岁。

"我旅行，但是我没钱。"他坦白道。

"总是如此，旅行的时候钱从来不够。"

"得他妈赶紧挣钱。"

"是啊，我都打算炒股了。"

"那你比我还他妈丧心病狂。"他说，"我打算给非洲一个国
家队做队服，给一帮小孩儿的生日派对做室内设计，还打算自
己设计点 T 恤卖。"

"那你还没钱？"

"是他妈打算而已。"他哈哈大笑，"永远在打算。"

"你他妈打算去哪儿？"我故意学着他的口吻。

"林茨。"他说，"你知道那他妈的地方吧？"

"希特勒的故乡。"

"没错，我就要去那里。"

"朝圣？"

"看女友。"他说，"我其中一个女友。"

"这么说你有不少女友啊？"

"如果算上我他妈单方面认为的。"他又哈哈大笑起来。

在阿姆斯泰登我们下车抽了支烟，然后把烟屁股扔在铁轨上。火车再次启动后，我拿起《罪与罚》来读。

"别告诉我你他妈的是作家！"荷兰小伙子盯着我。

火车经过一座山丘，散落在山上的木屋，都刷上了漂亮的颜色。公路在山谷间蜿蜒，跑的都是小排量的私家车，远远看去就像模型玩具。天黑下来了，但仍能感到窗外伸展着一片清冷而安详的土地。火车开进阿斯顿镇，荷兰小伙子背起登山包。他要从这里转车去林茨，而我继续前行。

"祝你走运，哥们儿！"他说。

"你也一样。"

整个车厢只剩下我一个人。火车似乎也加快了速度。我看着窗外，夜色已经把大地的一切痕迹抹掉了。长途旅行时，你有时会丧失时间感和空间感。习以为常的日常生活显得那样遥远，朋友圈里的一切看上去都像精心编织的故事。因为你在移动中，并且夜幕已经降临，你感到自己身处国家之外，时间之外。此刻，你能面对的只有自己内心的黑洞。

　　我喜欢在冷飕飕、黑幽幽、湿乎乎的秋天晚上听手摇风琴伴奏下的演唱，一定得在湿乎乎的晚上，所有的行人都脸上白里透青，满面病容；或在微风不起，湿蒙蒙的雪花往下直落的时候，那就更好了，您明白吗？煤气路灯透过雪花在闪闪烁烁……

——陀思妥耶夫斯基，《罪与罚》

萨尔茨堡到了。

我拖着行李走出火车站，暮色中的广场颇为萧瑟。冷风里，只有几个人在等待巴士，我随着他们上了一辆，经过米拉贝尔宫，经过大教堂，透过窗子可以望见山上白色的萨尔茨堡。我路过一家汽车旅馆，下了车。旅馆很时髦，前台同时也是吧台。侍者一会儿办入住，一会儿调酒。大堂的壁炉里燃着木柴。办入住时，我问侍者附近有没有吃饭的地方。他说，往前走五百米有一个加油站，加油站旁边有一家意大利餐馆。

"如果还开门的话。"他朝我微微一笑。

我弄到一个舒适的小房间，放下行李，便去意大利餐馆吃饭。街上没什么人，空气沁人心脾。我能看到远处山脉黑色的轮廓，而萨尔茨堡就是群山中的一座小城。

我在意大利餐馆点了风干火腿配青橄榄、带有辣味香肠和巴马臣芝士的比萨饼，又要了一瓶威尼托产的白葡萄酒。

就算在欧洲，此刻也过了饭点。等菜一上完，连厨师都戴着白帽子走出来，坐在餐桌边喝酒，对着手机讲意大利语。

我喜欢这样的时刻，就像散场后走出小剧场的心情。我回忆着一天的旅程：从清晨到夜晚，从平原到山间。最后在这里，在这家意大利餐馆，一切终于放慢了脚步。

我一边喝着酒，一边听着街上的风声。

3

我打算在奥地利湖区游玩几天，最好的方法当然是自驾。第二天一早，天气晴朗，一出旅馆大门，就看到雪山白帽子一样的尖顶。我沿着萨尔茨河走了一通，发现整座城市一尘不染。我走过漂亮的教堂和修道院，穿过行人不多的广场，然后跨过萨尔茨河上的大桥。

我在路边找了一家咖啡馆吃早餐，管伙计要来无线网密码，查看附近可以租车的地方。对于租车这件事，我没有十足的把握，但相信在萨尔茨堡并非难事。果然，我发现附近就有一家连锁租车行，一辆全新的斯柯达日均租价二百六十元。

我办了手续，用信用卡支付了押金，开车上路。在附近的莫扎特故居，我停下远远看了看。尽管萨尔茨堡以莫扎特为荣，可莫扎特对这座城市却印象不佳。如今，莫扎特在奥地利居住过的地方，都被开辟成了博物馆，成为奥地利人的骄傲。只是严格来说，莫扎特是否算得上真正的奥地利人有待商榷。因为萨尔茨堡当时还不属于奥地利。成年以后，莫扎特大部分职业生涯是在维也纳度过的，但从风格上来讲，他是个真正的德意志作曲家，用剑桥《奥地利史》作者史蒂芬·贝莱尔的话说："甚至比同样住在维也纳的贝多芬更像个德意志作曲家。"

那奥地利人应该把莫扎特当奥地利人纪念吗？"或许可以，"史蒂芬·贝莱尔认为，"如果他们秉承宏大的、开放的、包容的、世界主义的奥地利精神遗产的话。"在贝莱尔看来，莫扎特无疑是这种精神遗产的一部分，甚至堪称楷模。莫扎特很早就是个世界主义者：他是共济会成员，与伊曼纽尔·席卡内德一起宣扬启蒙的人道精神；他最喜欢的剧作家洛伦佐·达·彭特是个皈依天主教的犹太人，而这位前教士最后卒于纽约。

我开过莫扎特大桥，回到老城区，湛蓝的天空上飞翔着白色群鸟。我摇下车窗，微风袭来，可以感到风是从山里吹来的。老城区的房子被粉刷成不同颜色，围绕着山顶的城堡。不知为什么，我觉得山顶的萨尔茨堡有点像布达拉宫。

回到旅馆，我拿了行李，沿着大街出城。我又经过昨晚吃饭的意大利餐馆，看到它大门紧闭，加油站也没有工作人员——奥地利的加油站都是自助的。

从后视镜里，我最后看了看这座城市，然后驶上起伏的山路。雪山就在眼前，路边是一些精致的农舍和村镇，很多房子被粉刷成嫩黄色，墙上装饰着紫红色的鲜花。

我先去沃尔夫冈湖，这是我从萨尔茨堡向东路上遇到的第一个大湖。公路拐了个弯，开始向山上攀登。过了不久，我的眼前出现一片明净的湖水，被积雪的山峰环绕着，湖面上飘着一层薄薄的水汽。透过车窗，我能看见一座湖边小镇——那是圣吉尔根。

圣吉尔根干净、漂亮。也许是天气冷的原因，镇子里见不到什么当地人，只有零星几个游客好奇地东张西望。这里也有一座莫扎特故居，矗立在湖边，其实是莫扎特母亲诞生的地方。我沿故居转了一圈，看到一位穿着大衣散步的老人，还有一对夫妇站在无人的码头上，眺望对岸。

我穿过一片黄叶铺径的草地，看到一座小溜冰场。一位父亲正双手插在兜里，看女儿练习溜冰。女孩大概七八岁，粉色的棉帽子下面，露出几绺栗色的长发。

我发现莫扎特故居对面有一家餐厅，就走进去用餐。店主是位表情严肃的奥地利大妈，对我坚持一视同仁——使用德语。我找了个能看见故居的位子坐下，大妈送来菜单。这是家典型的德式乡村馆子，理所当然，菜单上只有寥寥几个菜。我点了肝丸汤、图林根烤肠配德式酸菜、土豆和一篮子新鲜面包。偶尔吃一次多肉的德国菜其实不坏，甚至可以说是大快朵颐，特别是当你抬头便可看见云雾缭绕的雪山时。面包也不错，微微带着发酵的酸味。

我一直觉得，从一个国家饮食的丰富程度中，可以看出这个国家封建时代的发展状况。一般来说，封建时代越发达的国家，饮食也越丰富，反之亦然。我一边吃着巨大的烤肠，一边想着中世纪的德国农民。与精致的罗马人和高卢人相比，日耳曼人长久以来被视为蛮族，这从德式菜肴中也可见一斑：所有配菜都是酸的，为的是帮你消化中间的那块肉。

我就着黄芥末，把烤肠和面包吃完，口渴得直想喝啤酒，但只能喝冰水。从德国巴伐利亚来的一家人也进来用餐，奥地利大妈和他们亲切攀谈。这里距巴伐利亚不远，一直是德意志文化的领地。奥匈帝国的皇后伊丽莎白，也是从巴伐利亚来的。

一战结束后，奥匈帝国解体，奥地利陷入巨大的灾难。很少有人相信，这个国家还能维持下去。据说，当时要求德奥合并的呼声很高，蒂罗尔和萨尔茨堡的全民公投几乎一致赞成与德国合并。1922 年，以法国为首的协约国向奥地利政府提供了大笔贷款，帮助它渡过难关。他们之所以这么做，是为了确保奥地利不会加入德国，防止一个更大的噩梦出现。

奥地利大妈给巴伐利亚一家人端上一盘巨大的烤猪肘。之后，我用德语叫她过来买单。我走出餐馆，开车离开圣吉尔根，沿沃尔夫冈湖北岸前往附近最大的镇子圣沃尔夫冈。这样，我几乎沿湖绕了半圈。

与圣吉尔根相比，圣沃尔夫冈的游人要多一些，镇里的店铺都成了纪念品商店。我看到一车中国来的旅行团，然后是一车韩国来的旅行团。我避开主路，走一条小路上山。等我爬到山顶，俯瞰小镇和湖水时，发现一家酒店正在眼皮底下。只见几个半裸的大妈正在露天泡泡池里对着雪山泡澡。我看了一会儿，心情变得十分沉重，便又下山到镇上溜达了一圈。我发现圣沃尔夫冈确实开发得十分充分，因此也没什么必要过多停留。

我向哈尔施塔特湖进发。路边有不少观光平台。我不时停下来，眺望湖景。奥地利湖区全都有一种冷峻之美。开到半路，我突然决定在一个叫巴德格森的小镇过夜。小镇位于巴德伊舍和哈尔施塔特之间，被高高的雪山包围着，特劳恩河从镇中穿过。

开始，我的导航出了毛病，将我带到了一片覆盖积雪的荒地。地上结着冰，车轮使不上力量。等我好不容易从荒地里开出来，导航又从另一条路把我引回了这里。这片荒地在村子和森林的边缘，远处散落着几栋小房子。我看到一家的女主人刚好出门，就拦住她问这里是不是巴德格森。

"不是，"她看上去很惊讶，"巴德格森离这里还有很远一段路。"

我问她怎么走。她的英语不太好，但我大致明白我必须彻底抛弃导航，先回到大路上。我向她表示感谢，然后在荒地里勉强掉了头。我的确又开了很长一段路，小心翼翼地寻找路标。

中途，我在一家加油站的超市买了些啤酒，准备晚上喝。然后我又向收银员打听了一下巴德格森。

"往前面走，不远了。"他愉快地说，"见桥右转。"

等我终于到达巴德格森时，夜幕已经降临。我跨过特劳恩河上的小桥，进入小镇。镇子不大，却有几座中世纪时期的教堂，矗立在夜色中。中心广场非常小，街角有家意大利餐馆，点着昏黄的灯火。

我住的旅馆在镇子边缘，是一栋传统的德式木房子。我踏着吱吱作响的台阶上楼，来到我的小房间。特劳恩河从旅馆后面流过，虽然关着窗子，但我整夜都可以听到河水声。

4

在旅馆吃早餐时，遇到了三个中国人。一男一女，带着一个五六岁的男孩。男人穿一件黑色毛衣，男孩穿一件红色毛衣，但从他们的行为举止中，可以看出男人并不是男孩的父亲。女人一直沉浸在遐思中，表情淡然地坐在男孩身边。我一边喝咖啡一边猜测他们之间的关系。

男人把一片火腿放到男孩的盘子里。"吃肉。"他说。

男孩看了看肉，又看了看男人："面包里夹片肉就是三明治。"他说。

男人表情尴尬地笑笑，男孩却发现了有趣之处。他开始不断重复这句话，越说越兴奋。

"别犯傻了！"女人突然回过神来，厉声对男孩说。

男孩咬了一口三明治，鼓起腮帮嚼着。

这时，进来了三四个俄国男人，是从加里宁格勒一路开车到这里滑雪的。他们的声势迅速压过了前者。等他们拿着盘子走完一遍，餐区的餐食就像被蝗虫扫过一轮的庄稼地。刀叉在盘子里叮当碰撞，语速飞快的俄语在空中飞扬。

"快吃，吃完我们走了！"女人说。

"面包里夹片肉就是三明治。"

……

我喝了口咖啡，决定上路。等我拿着大衣和围巾下了楼，看到旅馆的男主人正气喘吁吁地端着一大盘火腿和奶酪进来，补充到用餐区。

门外，河水的声音更大了，空气中带着松枝的芳香。我想起上一次来这样的雪山小镇，还是很多年前在印控克什米尔。那里也有一个湖，叫达尔湖。湖上全是供人居住的船屋，交通则靠单桨划行的小舟。一天早上，船主的女儿站在船头等小舟载她去学校。她穿着一身白色长袍，戴着白色头巾，美得就像《一千零一夜》中的人物。

相比克什米尔，哈尔施塔特早已名声在外，它差不多被印在了奥地利的每一张明信片上。我一边开车一边想，哈尔施塔特是不是相当于奥地利的丽江？这个想法让我感到微微沮丧，但好在一路风景甚好，眼前到处是山，透过清亮的空气，可以清晰地看到山石青色的褶皱，听到风声"嗖嗖"地穿过松林。

哈尔施塔特的意义远远大于旅游本身。公元前 8 世纪至公元前 6 世纪时，这里是欧洲铁器文明的中心之一。考古学家在哈尔施塔特附近挖掘出多达一千零四十五座坟场，坟场区域内遍布着盐矿。从新石器时代起，人们就在这里开采不歇。有意思的是，我发现，哈尔施塔特文明的覆盖区域与哈布斯堡王朝的疆界有颇多重合之处：包括了捷克东部的摩拉维亚、匈牙利西部的小匈牙利平原、克罗地亚北部的伊斯特拉和斯洛文尼亚东部的下施蒂利亚。我很想看看相关的资料，可哈尔施塔特的书店里没有这类乏人问津的书籍。

村旁的山顶上仍有盐矿的遗址，只是索道在冬天已经停止。虽然有徒步线路，但在湖边走走，远比迎风登山更适合我。在湖边随意漫步时，一只羊驼从一户人家的院子里伸出头来，我不知道哈尔施塔特还有养羊驼的传统。过了会儿，我看到早餐时的三个中国人也来了这里。我听到女人招呼小男孩："快过来，我们合个影，回头发给爸爸。"

在哈尔施塔特，每一栋房子的墙壁上都装饰着树枝和鲜花，给人一种盛夏之感。欧洲人似乎格外珍惜夏日，想在八月份找到正常工作的地方是很难的，因为几乎所有人都去度假了。贵族们常常选择在风景优美之处建立夏屋，离哈尔施塔特不远的巴德伊舍就是约瑟夫皇帝的夏宫。

我从哈尔施塔特开车来到巴德伊舍。1853 年 8 月 19 日，约瑟夫和伊丽莎白在这里举行了订婚仪式。第二年，皇帝的母亲苏菲皇后将皇帝别墅送给儿子作为结婚礼物，约瑟夫称之为"地上的天堂"。相比政务繁重的维也纳，巴德伊舍成了约瑟夫的逃逸之地，他在这里度过了八十三个夏天——如果算上苏菲在这里怀上他的那个夏天。

巴德伊舍算得上是奥匈帝国的一个"切片"。它是一座小城，因此不难看到皇室留下的痕迹：伊丽莎白常去的茶室，现在成了一座图片博物馆；约瑟夫情人喜欢的蛋糕店，仍然保留着美丽的枝形吊灯和大理石地板；皇室光顾的剧院，现在依然演出不断。

在皇帝别墅，我看到约瑟夫睡的单人床——那种军队里年轻士官睡的铁床。他对物质生活的要求不高，唯一的乐趣是打猎。他每天三点半起床、沐浴、处理几小时政务。如果天气好，他就去附近打猎。他的房间里装饰着很多当年的战利品。伊丽莎白死后，皇帝唯一的慰藉是情人：女演员凯瑟琳娜·施拉特。她在巴德伊舍城外有一座别墅。每天早上，约瑟夫都会独自步行或骑马找她一同早餐。

巴德伊舍是一座念旧的城市。每年的 8 月 18 日——皇帝生日这天，巴德伊舍都会在圣尼古拉斯教堂为约瑟夫举行弥撒。人们穿着当年的制服，唱着海顿的歌曲。这些歌曲是年轻的约瑟夫挽着伊丽莎白走进教堂时所唱的，也是年复一年，直到他在 1913 年八十三岁生日时所唱的。之后，在这座"地上的天堂"，约瑟夫签署了奥匈帝国对塞尔维亚的宣战声明。历史证明，那是一场地狱般的战争。宣战次日，约瑟夫就离开了皇帝别墅，回到维也纳。两年后，他在帝国的分崩离析中去世，再也没能回到他最爱的夏宫。

施拉特一直拒绝谈起和约瑟夫的情史。她 1940 年去世，葬在维也纳的一座公墓里，而彼时的维也纳正在纳粹的掌控下，经历着另一场地狱般的战争。她会如何回忆自己的一生呢？

帝国注定要存在于历史之中，并充当反历史的角色。

——库切，《等待野蛮人》

我在位于教区巷 7 号的 Café Zauner 喝了咖啡，吃了栗子蛋糕。它是约瑟夫和施拉特最爱的糕点店，但并没有我想象的出色。服务员都是上了年纪的女性，穿着宽大的褶皱长裙，全都脚不沾地地忙活着。也许她们从年轻时就开始在这里工作了。

我想象着她们在这样一个小镇度过一生，我不知道自己是否能做到。在维也纳的一家酒吧，我曾和一个爱尔兰小伙子聊天。他在媒体上看到中国年轻人四处迁徙打工的报道，问我为什么这些人不愿意留在家乡？他们为什么要去富士康这样的工厂？

"在家乡，他们可以有美丽的房子，养牛，养狗，就像在奥地利的小镇一样。"爱尔兰小伙子说。

"国情不同，在中国的农村……"我尝试向他解释我所知道的中国农村：脆弱的环境、过剩的劳动力，但似乎依然无法解决他的困惑。

"他们怎么能忍受工厂那样的生活？"他问我。

"生活在哪里都有不可忍受的一面，"我说，"无论你是要做定居的该隐，还是游牧的亚伯。"

"我不相信上帝，我相信暴力革命。"

"那你为什么不去参加北爱共和军？"

……

傍晚，我开车去了蒙德湖。这里没有共和军，甚至见不到游客。我看到几只野鸭在冰冷的湖水中游泳，湖水拍打着堤岸，像瀑布一样发出鸣响。草地上是简单的儿童乐园，两个孩子坐在轮胎做成的秋千上，一个穿红，一个穿绿。在他们背后，树林像分叉的毛笔，伸向灰色的天空。这让我感到自己的确身处奥地利的冬日——这样的冬日已经持续多久了？

这时，我的手机响了，进来一条短信。除了中国联通的广告，我似乎已经很久没收到短信了。短信是一个认识多年的朋友邀请我参加他的婚礼。我看了看新娘的名字，不是我之前认识的女孩。我想起他上次给我发短信就是告诉我，他和那个好了很多年的女孩分手了。时间过得真快，那似乎也是很久以前的事了。

我没法参加婚礼，于是决定在奥地利给他们寄一张明信片。

我走进一家旅游商店，挑了一张哈尔施塔特的明信片，又买了邮票。商店也帮忙邮寄，可是对着明信片背面的空白，我却久久无法下笔。

"抱歉，没想好怎么写。"

"给女朋友的？"

"给一个要结婚的朋友。"

店主意味深长地点点头。

第二天，萨尔茨堡下了一整天雨。我还了车，坐在火车站旁的咖啡馆里，一边写明信片，一边等待去意大利乌迪内的火车。从那里，我将转车前往昔日奥匈帝国的港口——的里雅斯特。

我字斟句酌，更多的时候则是陷入回忆。一个女人站在屋檐下抽烟，雨水敲打着窗子。

第六章

流亡之地，黄金时代，最后的游荡

1

午夜时分，我坐上了开往意大利的火车。确切地说，是开往威尼斯的火车。它将在茫茫黑夜中，翻越阿尔卑斯山，凌晨4点多在乌迪内停上两分钟。我得在那段时间下车，再转车前往的里雅斯特。乌迪内恰好位于威尼斯与的里雅斯特之间。

二等车厢里响着鼾声和磨牙声，拉开车厢门，有一股长时间未通风的温暾味。我勉强把行李塞进行李架，在属于自己的角落坐下。对面，一个留着络腮胡的男人透过站台的光线盯着我——他此前一直把脚舒服地搁在我的座位上。旁边，一个西班牙女人在梦中嘟囔了句什么，继续酣睡。

火车开动了，午夜的萨尔茨堡像个准备收摊回家的小贩。我对着瓶口喝了口白兰地，看着窗外的世界渐渐沉没在一片黑暗中。

曾几何时，我大概不必如此周折。那时，的里雅斯特是奥匈帝国的唯一港口，像一个大家庭里最小的儿子，受人宠爱。无论是从格拉茨，还是维也纳，都有数量可观的火车直达此地。作为帝国最南端的领土，的里雅斯特也自然成为任何铁路的终点。对旅行者来说，这意味着一旦在维也纳上车，就可以喝着咖啡，看着风景，等待抵达的时刻了。

如今，我却没有了这份运气。奥匈帝国解体后，的里雅斯特的归属摇摆不定，一度被南斯拉夫吞并后，最终被意大利收入囊中。然而，一旦失掉大陆帝国出海口的身份，的里雅斯特也就走上了下坡路。在良港众多的意大利，的里雅斯特不过是一座中型海港城市，既无威尼斯的风光，也没有热那亚的繁忙。它偏安于亚得里亚海的一角，被斯洛文尼亚包围。冷战时代，这里正是丘吉尔所谓的"铁幕"的最南端。的里雅斯特隐姓埋名，遗忘了世界，亦被世界所遗忘。有一则玩笑说，无论展开哪国地图，的里雅斯特无不处在书页的夹缝位置。甚至到了1999年，这种暧昧感依然存在。一项调查显示，约七成的意大利人不知道国境之内有这样一座城市。

然而，的里雅斯特却引起我的兴趣。部分原因当然是简·莫里斯的那本《的里雅斯特：无名之地的意义》。在书中，莫里斯将的里雅斯特称为"流亡之地""乌有之乡"。

现实也确实如此。仅仅是近代的一百多年，的里雅斯特就收留过普鲁斯特、里尔克、乔伊斯、普宁、理查·伯顿、弗洛伊德……这份名单还可以开得更长，因为有太多国籍不明、身份不清、离经叛道的作家、艺术家、革命者在这里游荡和定居，享受着的里雅斯特的恩泽，把"他乡"认作"故乡"。

在《对地域感到麻木》里，君特·格拉斯谈到德语中"Heimat"（故乡）一词。他说，心怀叵测的政治家（如纳粹），往往利用流行文化，将"Heimat"书写成一个大写的"我们"，用于区分和对抗移民与陌生人。

的里雅斯特却表现得落落大方，它脱掉了"故乡"的政治外衣，甚至连道德的遮羞布也弃之不顾。那些游荡的灵魂，得以在广场与雕像、喷泉与壁画、小酒馆与妓院、亚得里亚海与皑皑雪山间，安放挣扎的欲望和青春。或许，这也正是的里雅斯特吸引简·莫里斯的原因？

> 我们只有一次童贞可以失去，我们在哪里失去它，我们的心就在哪里。
>
> ——约瑟夫·吉卜林

我坐在火车上，终于昏昏睡去。等我被一阵光亮晃醒，发现已到了边境小城菲拉赫。我看了看表，比预定的时间晚了，而且进入意大利后，火车不时在一些空旷的小站停靠。我突然意识到，我可能无法准确预测到达乌迪内的时间。车厢里飘荡着沉沉的呼吸声和鼾声——那都是把威尼斯当作终点的人。只有我注视着窗外，想弄清自己身在何处。我很快意识到，努力是徒劳的，就像这个世界上的大多数事情一样。在昏暗中，我根本看不清什么标识，况且有美丽的威尼斯作为终点，谁又会大半夜在中途下车呢？火车到达威尼斯的时间是早上8点多——很显然，这本来就是为威尼斯量身定做的线路。

我闭上眼睛，决定随波逐流，任由命运安排。车轮和铁轨的摩擦声，渐渐变成一首布尔乔亚摇篮曲。威尼斯并不是"大毒草"，我在半睡半醒中想，它可能比的里雅斯特更符合旅行的逻辑。

我睡了两个小时，醒来时窗外依然一片黑暗。我看了下表，即便算上晚点时间，我很可能也已经过了乌迪内。我知道，我正朝着与的里雅斯特相反的方向飞驰。

我站起来，从行李架上拔出行李，踉跄中踢到一条腿，还险些坐到西班牙女人身上。幸好，这位女士睡得像一座安稳的码头。我拖着行李，站到走廊上，如果有乘务员出现，我会问问他到哪儿了，可是连个人影都没有。

火车停在一个陌生小站，我成了唯一跳车的人。等我好容易找到一个站牌，只见上面写着一个陌生的地名。在经过大半夜的煎熬后，我到了这里——乌迪内与威尼斯之间的某地。周围一片漆黑，铁道那边是丛生的荒草。站台上什么都没有，却有一台脏兮兮的投币咖啡机，看来果然是意大利。我掏出一枚硬币，买了一杯浓缩咖啡，站在夜风中把它喝完，并且感到一丝自暴自弃的满足。没错，我抛弃了威尼斯，而选择了这里。这就像一个男人抛弃了年轻美貌的妻子，而选择了年老色衰的娼妇。我想到旅行本来就是一种悲伤的快乐，甚至带点自找苦吃的快感，而抵达一个晦暗不清的地方，正是旅行者隐秘的乐趣之一。

我找到一个像是卖票的地方，敲了敲窗户，工作人员正趴在桌上睡觉。我告诉他，我要买一张去的里雅斯特的车票。

"去旅行？"

"算是吧。"

他把票递给我，告诉我二十分钟后会有一辆火车经过。

和去威尼斯的车相比，这趟车上人少得惊人，却种族混杂。我看到一个东亚人，两个土耳其人，一个犹太人，还有几个斯洛文尼亚农民。我找了个没人的包厢，把书包垫在脑后，躺下来。不知过了多久，我被黎明前的寒气冻醒了。

窗外已渐渐发白，可以看见一排排黄色的房子。丘陵间散落着葡萄架，而远处的山峦则是一片光秃秃的褐色。我大概正经过戈里齐亚附近，我想，这里出产意大利最出色的灰皮诺葡萄酒。第一次知道这个地方，还是很多年前读海明威的小说《永别了，武器》——这是意大利和奥匈帝国作战的地方。

我渴望眼前突然开阔，看到亚得里亚海，那意味着的里雅斯特快到了。可直到火车缓慢地攀登上杜伊诺 - 奥里西纳，我才终于看见一片灰色的大海。这是威尼斯湾，几乎是最后一小块意大利了，而巨大的斯洛文尼亚就在左侧窗外。

列车员推开包厢门，接过我的票，在上面打了个孔。我问他还有多久到的里雅斯特。

"很快！"他打了个手势。

意大利人以说话爱打手势闻名。比如喝一杯浓缩咖啡，就用手指圈成一个小咖啡杯，然后做出快速喝掉的样子；赞叹食物好吃，就用手指杵着面颊上的一点转动。

据说，一位格外健谈的意大利将军在二战中失掉了一只胳膊，从此变得沉默寡言。人们问他为什么不说话了。

"我没了胳膊怎么说话？"他回答。

火车响起了快到终点的鸣笛，伴随着吱吱作响的刹车声。当它最终停在的里雅斯特中央火车站时，我注意到这里有近一打铁轨。它们伸向遥远的喀尔巴阡山脉，伸向波西米亚，伸向巴尔干半岛，也伸向威尼斯、米兰，伸向曾经的奥匈帝国。这也正是的里雅斯特最好的隐喻：德意志、拉丁和斯拉夫文化的交汇点。

下了车，那几个斯洛文尼亚农民在站台上查看列车时刻表，准备转往下一个目的地。一些难民模样的人，目光忧伤地坐在长椅上，身边堆着行李包——他们要去往何处？

2

站在海边的码头上，我终于感受到布拉风（Bora）的力量。

这股吹袭亚得里亚海沿岸的季风，的确针刺入骨。理查·伯顿曾毫不掩饰对布拉风的痛恨。有一次，他坐的马车险些被大风吹进港口。这位沉迷于阿拉伯文化的英国外交官、间谍、旅行作家，渴望被派驻大马士革，但事与愿违。他来到的里雅斯特，租下一套宽敞的公寓，用于贮藏那些奇奇怪怪的阿拉伯艺术品。正是在这里，他度过了无数个"阿拉伯之夜"，将《一千零一夜》翻译成了英文。

与理查·伯顿的时代相比，的里雅斯特一定冷清了不少。那时，作为维也纳的出海口，的里雅斯特的码头上泊满了大大小小的船只，海面上行驶着雄伟的帝国舰队。劳埃德商船队从1836年起就驻扎于此，到1913年已经拥有六十二艘船。在埃贡·席勒的画里，仍可看到的里雅斯特当年热闹非凡、充满海港气息的景象，有点像威尼斯，但更具中欧风情。

的里雅斯特本是帝国的产物。1719年成为自由港后，商人成了这座城市的主宰。为了满足帝国的需求，来自东方的货物，源源不断地通过货轮运到这里，再靠陆路转运至奥地利、匈牙利，乃至整个中欧。它被称为"苏伊士运河的第三入口"，那是的里雅斯特最辉煌的时代。

如今，站在码头上，我只能看见一些斑驳的小船。布拉风掀动着它们，仿佛随时可以将它们倾覆。几只海鸥从头顶飞过，叫声凄厉，它们落在码头上，踱着步，又突然毫无征兆地飞走。我的目光移向南部的穆贾一侧，那是的里雅斯特的工业区，距离斯洛文尼亚边境只有五公里，最著名的企业是咖啡烘焙商意利（illy）。一艘大型货轮正在进港，上面也许载着石油——如今，的里雅斯特和中欧的最后联系是一条通向德国的输油管道。

一座城市的命运，说到底与一个国家相连。尤其是在我旅行的这片土地，因为大战的爆发、帝国的瓦解，太多城市成为时代的孤儿，的里雅斯特只不过是其中之一。20世纪70年代，由于传统的钢铁业和造船业陷入危机，的里雅斯特失去了大约三分之一人口。这似乎合乎逻辑——那是冷战时代，谁也不愿意在意识形态摇摆不定的地区投入太多的资本和热情。

现在，尽管有不少斯洛文尼亚、阿尔巴尼亚、克罗地亚的移民加入，的里雅斯特的总人口数仍在减少，并且是意大利自然出生率最低、老龄化程度最高的城市之一。没人愿意说出原因，因为原因不言自明。几天后，当我开着租来的菲亚特500前往威尼斯时，我看到出城方向的路边有不少人竖起大拇指，举着Venezia（意大利语"威尼斯"）的牌子。他们似乎在提醒我："既然威尼斯不过两小时车程，为什么要留在的里雅斯特？"

站在伸向海面的码头上，感觉像站在世界尽头。我将大衣的领子竖起来，系紧围巾。我发现即便在这样的天气里，码头上仍然有一些游荡者。他们不是游客，而是当地居民。他们穿着一致性的黑色大衣，迈着缓慢的步伐，没人说话，也没人交谈。他们只是站在码头上，望着大海，望着雪山，神色严肃，不像意大利人，反而更像德国人或奥地利人。

一个穿着麂皮大衣的女人，站在堤岸尽头抽烟。我只能看到缭绕的烟圈，从远处雪山的背景上升起。只有她穿了黄色大衣，于是从黑色的人群中脱颖而出，海鸥鸣叫着……那画面真像是一部文艺片里的镜头。以至于我感到这些游荡在码头的人全都有一种审美上的自觉——他们出现在这里，并非有任何事情要做，而仅仅是出于美学的需要。

"在的里雅斯特，码头游荡是必不可少的，或者说是具有符号意义的活动。"简·莫里斯写道。很多年前，刚做完变性手术的她，就坐在码头其中一根系船柱上，想写一篇关于"怀旧"的散文，但终于没能写出……

3

走在的里雅斯特的街头，很难意识到这是一座意大利城市，我不时感到自己正走在维也纳的环形大道上。灰色的哈布斯堡建筑随处可见，稳重、忧郁，每一栋都像是保险公司总部。菲亚特在路上飞驰，路边停满小摩托车，这又是非常意大利的一面。还有古罗马的剧场、塞尔维亚的东正教堂、犹太教堂、巴洛克教堂、拜占庭风格的教堂……种种元素混搭、共存在这座并不算大的城市里。

从码头穿过海滨大道，是精心规划的统一广场，同样来自帝国的馈赠。喷泉汩汩作响，咖啡馆飘出咖啡的芳香，周围是历尽沧桑的 19 世纪建筑——曾经的总督府，如今的市政厅。青铜底座上站着早已没什么人认识的皇帝雕像，他俯视着海港——正是从那里，哈布斯堡的王公大臣们，喝完杯中的咖啡，登上甲板，开始海上的旅程。

从外表看，统一广场的变化不大。在那些描绘帝国海港的油画中，它几乎就是现在的样子。但历史有时候只是一种氛围，不仅存在于大理石柱上，也存在于飘荡其间的空气中。走在广场上，我能感到有些东西不见了。比如，广场的西南角，曾经是劳埃德船舶公司的总部——的里雅斯特的象征，现在却被无足轻重的官僚机构占领。热闹的海港，变得冷清。工人和穷文人热爱的咖啡馆，已经中产阶级化。如果乔伊斯不幸晚生一百年，他很可能无力负担这里的消费。

即便在当时，乔伊斯也一直在举债和还债中度日。他经常上午还了一小笔钱，下午又不得不把它借回来。他从一条街搬到另一条街，开始是和妻子，然后有了孩子，然后弟弟妹妹一家也从都柏林来了。他在贝利茨学校教英语糊口，尽管他痛恨那里的"小暴政"，但为了四十五克朗的月薪不得不忍气吞声——这比他在都柏林千方百计挣到的稿费还多点。

在的里雅斯特，乔伊斯似乎闷闷不乐，但这里却带给他灵感。他喜欢看街上走过的希腊人、土耳其人和阿尔巴尼亚人——他们的衣着带有东方色彩。他也常常去东正教堂观看仪式——和天主教的仪式有显著不同。到了晚上，他流连于咖啡馆、酒吧和妓院。有很多次，他醉倒在阴沟里不省人事。还有很多次，他被家人从勾栏瓦肆中找回。

乔伊斯在的里雅斯特生活了近十年，写作进行得颇为顺利。一战爆发后，他去罗马躲了一阵。那段日子，几乎什么都没写，直等回到的里雅斯特，写作才又重新恢复。他辞去了教职，当起了家庭教师，习惯于"早上潇潇洒洒，下午忙忙碌碌，晚上乱乱糟糟的生活"。他每天10点醒来，躺在床上"陷入沉思"。11点前后，起床、刮脸，然后坐到分期付款买来的钢琴前。他的琴声往往会被上门索债的人打断。

家里人问他怎么办。

"让他们进来吧。"他会说，然后尝试把话题由催债引向音乐或政治。

在一封发自的里雅斯特的信中，乔伊斯写到他给一个往返于的里雅斯特和巴里的船长上课。每次，他都要穿过大半个城市，换上小船，再爬上轮船，叫一个水手去找船长，再找一块安静的地方上课，而"那个船长蠢笨无比"。

还有一次，他给一个叫埃托雷·施米茨的学生看了《死者》的手稿——这是他最著名的短篇小说之一。结果，这位人到中年的学生，羞涩地拿出了两本自费出版的小说——他的笔名叫伊塔洛·斯维沃，后来被誉为20世纪意大利最出色的作家。乔伊斯惊呼他为天才。

伊塔洛·斯维沃常把小说的背景设在的里雅斯特，街名、地名都很真实。有人说，你甚至可以拿这本书当旅行指南。美国作家保罗·索鲁真的这样做了，发现完全行得通！

伊塔洛·斯维沃的名作《泽诺的意识》充满了意识流，而乔伊斯被称为意识流小说的鼻祖。在的里雅斯特，他写出了《一个青年艺术家的画像》《都柏林人》，构思出了大部分《尤利西斯》。我不知道这算不算是乔伊斯的"黄金时代"，毕竟他当时还不到三十岁，并且时常感到郁郁寡欢。

的里雅斯特啊，吞噬了我的心肝。

——詹姆斯·乔伊斯，《一个青年艺术家的画像》

他戏谑地写到这座城市。"的里雅斯特"（Trieste）和"悲伤"（triste）一语双关。

我从未刻意寻找，但在大运河边遇见了乔伊斯的铜像，还经过了乔伊斯住过的一处公寓。如今，这里成了一座以作家名字命名的旅馆。

"有房吗？"我问老板。

"有，请跟我来。"

"我想看看乔伊斯住过的那间。"

"被一个美国作家租下来了。"

"什么时候空出来？"

"他要在这里过冬，"老板眨眨眼，比画着，"写一本书。"

我走出旅馆，经过乔伊斯喜欢的皮罗纳蛋糕店，它仍然营业，于是我进去点了一杯咖啡，要了一份奶油蛋卷。我随手翻着桌上的报纸，上面关于意大利经济的报道一片沮丧。我想起乔伊斯经常在这里买一杯最便宜的咖啡，翻阅报纸上的新闻和招聘启事。有时候没钱进咖啡馆，就没有报纸看，他曾在信中抱怨，因此错失过两份美差。

我一边喝咖啡一边想，这个世界大概本就没有"黄金时代"。尤其是对于作家和艺术家，生活和伟大的作品之间，总存在某种"古老的敌意"。所谓"黄金时代"，只是胜利者事后的"怀乡"，只是对过去浪漫主义的怀想，只是一片树叶或者一粒止痛片，因为现实过于粗粝——而从更广阔的意义上看，地狱无处不在。

> 这些人现在希望停下他们的工作，因为这工作太寂寞，太难做，而且并不时髦。
>
> ——海明威，《非洲的青山》

从咖啡馆的窗子望出去，城市整洁而喧嚣，一队人马正在庆祝某个宗教节日，摩托车轰鸣着驶过。托马斯·曼曾用"阴郁、混乱、艳俗"形容当年的城市，但正是这种混杂、自由、宽容以及文人尚可承受的生活成本滋养着乔伊斯。

在都柏林时，乔伊斯是个愤怒青年，对什么都愤愤不平。

在这里，他被渐渐磨平。他的愤怒情绪慢慢冷却，他的政治狂热渐渐黯淡，他开始致力于创造一种微妙而精巧的艺术。通过《尤利西斯》（他在这家蛋糕店开始写作《尤利西斯》），他把的里雅斯特这个地中海世界带到了暗淡的都柏林。等他搬到巴黎时，他已经成为一代大师。

不知为什么，坐在的里雅斯特的蛋糕店里，我却想到了香港。同样曾是帝国的港口，同样是重商主义的城市，同样毫无保留地接纳过游荡者和文人。的里雅斯特已经不复从前，那么香港呢？

在文学生涯的最后阶段，简·莫里斯为香港和的里雅斯特各写过一本书。我不无好奇地想，她是否发现了两座城市之间的隐秘关联？

4

当火车沿着海岸线行驶，快要到达的里雅斯特时，我曾看到窗外有一座白色的城堡。那是奥地利大公马克西米利安——约瑟夫皇帝胞弟的城堡，名曰米拉马雷。这是我在的里雅斯特最钟爱的建筑。

1864年，马克西米利安怀揣着皇帝梦，从这座城堡前的码头启程。午后的光线下，海面一片波光，成群的海鸥在岩石和城堡间飞舞。马克西米利安要前往墨西哥，继承那里的皇位。这位热爱航海的年轻人不会想到，这将是他人生的最后一次航行。1867年，亲美的墨西哥共和党人废黜了他，之后他被行刑队枪决。他的妻子夏洛特成了疯子，被送回比利时，了此残生。

这可能要算奥匈帝国之后一系列家庭悲剧的开端。鲁道夫——约瑟夫皇帝和伊丽莎白的儿子，在维也纳郊外的森林自杀。接着，伊丽莎白在日内瓦被一个疯子捅死。最后，侄子斐迪南大公在萨拉热窝遇刺。接连遭受打击的约瑟夫皇帝挑起了一战，他的复仇之火也烧毁了他的帝国。

所以的里雅斯特人说，每当他们看到米拉马雷，都会感到一丝惆怅。它的美中有一种凄凉，有一种物是人非的宿命感，有一种时间安慰人时特有的孤独。

午后，我沿着海岸线走向城堡，海水舔舐着堤岸，我感觉自己正走入一个梦境。易卜生当年穿越阿尔卑斯山黑暗的隧道后，突然看到这座屹立在海边山崖上的城堡，赞叹它的美"注定要在我此后的所有作品中留下印记"。

他做到了吗？

城堡由奥地利建筑师卡尔·容克设计，但风格无疑反映了马克西米利安本人的趣味。的里雅斯特的本土设计师弗兰茨·霍夫曼承担了内部装潢，他和马克西米利安一样，都对当时盛行的折中主义风格十分推崇。

马克西米利安希望营造一种私密的氛围，所以他把卧室设计成了船舱的样子。作为奥匈帝国的海军元帅，他曾在海上航行过两年之久。我想，那一定是段美好的日子，作为年轻的单身贵族四处游历，因此他的卧室也保留了某种单身汉的浪漫气息。旁边的书房则藏满精装书籍，摆放着巨大的地球仪，蓝丝绸布幔垂在明亮的窗前，窗外是一望无际的大海。

我沿着楼梯上到二楼。客厅装饰成东方风情，摆设着来自中国和日本的瓷器。另一间客厅里挂着哈布斯堡家族的画像，以及马克西米利安本人的油画。房间的装饰一如马克西米利安当年的设想——比维也纳的皇宫简单，但也更有人情味。

在离开的里雅斯特前往墨西哥时，城堡的内部装潢还没有全部完工。也就是说，马克西米利安和妻子还没来得及享受这里的一切就远走他乡了。20世纪30年代，英年早逝的阿玛迪奥公爵和他的家人也曾在这里的一间套房居住过。他是意大利的贵族飞行员，一战中与奥匈帝国战斗过。1937年，他被墨索里尼任命为埃塞俄比亚总督。五年后，他在肯尼亚的英国战俘营死去。房间里有他穿着飞行员夹克的照片，比后来那些开超跑的贵族少年帅气得多。

> 有人去了更北的北方
>
> 有些事发生在遥不可及的年代
>
> ——韩东，《友谊宾馆》

我脚下的木地板发出"吱吱"的声响，我知道，那是 19 世纪的回音。某种程度上，那也是最后的贵族时代。进入 20 世纪以后，喧嚣的革命风潮、残酷的战争、无情的大清洗，席卷并摧毁了一切精巧和珍玩。人类几乎是在一片贫瘠的沙漠上，重新尝试学习尊严和教养。站在米拉马雷城堡，我感到自己回到了"故乡"，它美而卑微，却抚慰人心。旅行如同一种寻找，寻找逝去的、遗忘的事物，从而告诉自己世界上曾经有过美的东西存在。

米拉马雷城堡外是一座漂亮的植物园。马克西米利安大公也是一位业余动植物学家。他把热带蝴蝶、蜂鸟和马来西亚鹦鹉带到了的里雅斯特。现在，它们的后裔在植物园里繁衍生息。我在花园的小径上，碰到一对奥地利夫妇，他们请我帮忙拍照。我在面向大海的露台上给他们拍了一张，归还相机时，我问他们为什么会来的里雅斯特。

"你知道吗？这里曾经属于奥地利！"男人说，"还有匈牙利、罗马尼亚、捷克，都曾经是奥地利的！"

我问他怎么看待这段历史。

"感谢上帝，一切都结束了！"他摇了摇头，"那意味着太多责任，太多麻烦，奥地利人还是自顾自好一点。"

我告诉他，我刚从奥地利湖区旅行过来。

"那里非常美，奥地利是个可以反复去的地方，永远不会感到厌烦。"

"那的里雅斯特呢？"

"这里？"他眨着眼睛，"一次就够了！"

5

我住在大运河畔的一家阁楼旅馆，主人是一对四十岁左右的夫妇。丈夫马里奥在政府工作，怀孕的妻子桑德拉在家打理客房。他们还有一个七八岁的女儿和一只黄猫。每天早上，黄猫总是悄悄潜入我的房间，跳到窗台上瞭望。越过砖红色的瓦片，可以看见城市正在柠檬色的阳光中铺展开来。

我下楼和主人一起吃早餐。桑德拉挺着大肚子忙里忙外，马里奥穿着白衬衫坐在桌前。在意大利，女人主内的情况相当普遍，她们勤劳而有威信，有点像过去中国的情形。

马里奥告诉我，他们是弗留利人。的里雅斯特方言是弗留利方言的一支，但是渗透了更多斯洛文尼亚语、德语甚至是匈牙利语的词汇。弗留利方言并不属于拉丁语，而是凯尔特语的一支，有着不同于意大利语的语法和拼写规则。二战结束后，包括戈里齐亚在内的一部分弗留利领土一度划归给了南斯拉夫。至今，这仍是弗留利人心头的一段伤痛回忆。

作为弗留利－威尼斯朱利亚大区的首府，的里雅斯特在冷战时代却因为一篇关于"铁幕"的演说再度"成名"。

从波罗的海边的什切青到亚得里亚海边的的里雅斯特，一道横贯欧洲大陆的铁幕已经拉下。这张铁幕后面坐落着所有中欧、东欧古老国家的首都——华沙、柏林、布拉格、维也纳、布达佩斯、贝尔格莱德、布加勒斯特和索菲亚。这些著名的都市和周围的人口全都位于苏联势力范围之内，全都以这种或那种方式，不仅落入苏联影响之下，而且越来越强烈地为莫斯科所控制。

——丘吉尔，《和平砥柱》

当时，只有铁托领导的南斯拉夫与苏联貌合神离。对于欧洲社会主义阵营的百姓来说，逃出铁幕是无比艰难的，但进入南斯拉夫则相对容易。从南斯拉夫的边境，可以相对轻松地抵达资本主义世界的"前哨"——的里雅斯特。

"我记得小时候，的里雅斯特的黑市横行，最抢手的商品是T恤和牛仔裤，"马里奥说，"当然，人们也把更值钱的外汇、黄金、电器带到边境的另一边。"

欧洲的社会主义阵营崩溃后，有过几年的"真空期"。的里雅斯特的黑市发展壮大成合法的巴尔干市场。匈牙利人、捷克斯洛伐克人、罗马尼亚人、保加利亚人和南斯拉夫人蜂拥而至，抢购电水壶、电视机、衣服等日用品。每天傍晚，长途汽车站都堆满编织袋和等待回家的人。

"那时候，大家都说的里雅斯特会重新成为这一地区的中心，就像奥匈帝国时期一样，"马里奥说，"但很快那些国家也开始实行资本主义，那些人在自己国家里也能买到日用品了。"

巴尔干市场的人越来越少，最后关门大吉。又一次，因为历史的风云际会，的里雅斯特先被宠幸，又遭抛弃。

"可能这就是我想来的里雅斯特的原因，"我安慰马里奥，"它的历史感和那些曲折的故事。"

"我们也骄傲于这里的历史。"马里奥微笑着。

吃过早餐后，我和马里奥一起下楼。他开着一辆 Mini Cooper 上班去了，而我沿着运河一直走。我经过咖啡馆和塞尔维亚教堂，经过一家鱼仔店，里面正贩卖刚刚打捞上来的海货——这的确是一座海滨城市！

我经过罗西尼大道上的博物馆，进去看了威尔第、普契尼的手稿，然后继续沿着石板路往小山上走。我走过古罗马时期的残垣断壁，经过一座教堂。教堂里在举行仪式，人们穿戴整齐地鱼贯而入。教堂门口，志愿团体正提供免费咖啡。

我迷路了，但是并不感到慌张。的里雅斯特不大，而在这样的上午无所事事地走走，是一件惬意的事。太阳高高挂在天上，虽然有风，但是并不太冷。我一直走到山下，走进餐馆林立的商业区。我看到一家挂着"Buffet"牌子的餐馆——那是奥匈帝国留下的"遗迹"之一。

这家餐馆有点像北京的老字号，有一种油乎乎的古老感。柜台里摆着各种香肠、煮肉、内脏，还有硕大的啤酒桶。我要了一份内脏、一份酸菜、两片面包，又要了一杯二百五十毫升的啤酒。出乎我的意料，这里不算便宜，而且就像日本的立吞酒馆，如果你不想站着吃而是坐下来，还需另交费用。

伙计和切肉师傅都戴着白帽，像又高又壮的德国人，但讲意大利语。这家餐馆给人的感觉就像那种在殖民地长大的白人孤儿，长着西方的容貌，却讲一口当地话。

我小口呷着酒，想找到一些不同寻常之处。一个大妈进来要了一杯啤酒，然后坐下来拿出账本记账。这里肉香扑鼻，并不适合严肃工作，可她似乎不为所动。接着，进来两个美国年轻人。听说坐下来要收费，他们点了两份打包带走了。这时，一个八十来岁的老太太颤巍巍地走了进来。伙计和她打了个招呼，热火朝天地聊起来，显然是熟客。

"我今天没什么食欲，"老太太庄严宣布，"和平时一样，但是少来一点。"

"没问题。"

可过了一会儿，伙计却端上一个由煮肉、香肠、内脏组成的大拼盘和一大杯啤酒。和这位胃口不好的老太太相比，我顿时相形见绌了。

"尿！"伙计突然跟我打招呼，他的意思是说"你好"。

"尿！"我回答。

"这是传统的里雅斯特食物，喜欢吗？"他指着我的盘子。

"不错，尽管胃口没这位太太好。"

"这位太太啊，在的里雅斯特长大的，来这里用餐有七十年了。"伙计以一种近乎平淡的口吻说。

"七十年？"

"是的，不过和我们店的历史比，七十年不算什么。"伙计的嘴角露出一丝微笑，"我们是 1897 年开张的，每周营业六天，星期天休息——主人当年定下的规矩。除了 1914 年到 1918 年因为战争关过门，其余时间一直这么营业，直到今天。"

"这位太太从小就来？"

"小时候和父母一起，然后和她先生，"伙计说，"去年她先生去世了——一位非常好的绅士。"

"你是这家店的主人吧？"

"不，"伙计的嘴角又露出一丝微笑，这次略带神秘，"我只是在这里打工。"

正午的光线从明亮的窗子射进来，我看着那位老太太埋首肉间，刀叉灵动，不时抬起头，喝上一口啤酒。另一侧的大妈，兀自翻着账本，啤酒几乎没动。

坐在她们之间，我觉得自己像个"入侵者"，就像在一家卤煮店，你发现有个外国人正大口吃着猪肠。我想着这家店的历史，算着有多少人在这里用过餐。食物的生命力似乎远大于一切政治，尽管窗外的世界早已变迁。

6

的里雅斯特已经习惯了变迁。一百年来，这里发生过多少故事？

记得一次旅行中，遇到一位美国小镇的哥们儿。他说，他们小镇一百年来最大的变化是倒了一根电线杆，然后又竖了一根新的。他说话带着浓重的南方乡村口音，而且谈话中肆无忌惮地放屁。我觉得他是一个由于生活过于平静而丧失了敏感度的人。他不在乎和谁说话，也不在乎说话时的礼仪，因为他生活的地方出门就能闻见牛粪，开车半小时都见不到人。

而我出生在一个巨变中的国度，成长阶段所熟悉的一切都已物是人非。我不得不接受或大或小的变迁，并且乐于像幽灵一样在废墟间游荡。这片广袤的欧洲腹地——这本书写到的所有地方，为我这样的幽灵提供了游荡之所。我不时唏嘘于它们的变化，同时也试图发现那些被时光留下的永恒之物。

> 世界模糊的悲伤，也请允许我模糊。
> ——曼德尔施塔姆，《沉闷、潮湿、雷声滚滚的空气》

在的里雅斯特的最后一晚，我去圣马可咖啡馆喝酒。那里曾是乔伊斯以及后来一众文人雅士的聚会之所。的里雅斯特当代作家克劳迪奥·马格利斯在《微型世界》一书中曾为圣马可咖啡馆立传。这里是的里雅斯特的精神象征，或许也是离开前消磨时光的最佳去处。

我点了一杯 Aperol spritz 鸡尾酒，卖酒的小姑娘说，这是的里雅斯特当地最流行的饮料。

"可能也是整个意大利最流行的。"她打着手势补充说。

"它是怎么调制的？"

"阿佩罗利口酒和普洛塞克气泡酒，加冰。"

"普洛塞克，那个村子，好像离这里不远吧？"

"离的里雅斯特几公里。"

环顾四周，我发现咖啡馆已经座无虚席，几乎所有女孩手中都有一杯 Aperol spritz。尽管枝形吊灯依然明亮，笨重的桌椅充满帝国风情，可这里显然已不再是乔伊斯当年牛饮的地方。克劳迪奥·马格利斯为它立传，某种程度上也是为他所钟爱的时代写下挽歌。

我知道我的旅行即将结束。第二天上午，我打算租一辆菲亚特 500。我会开着它穿过威尼斯，穿过托斯卡纳，翻越亚平宁山，然后沿着海岸线一直开到罗马。这大概还要花费两天两夜的时间。可不知为什么，我却总有一种感觉：就在此刻，就在这里，旅行已经结束了。

我点了一瓶普洛塞克，看着身边年轻的姑娘、打着领带的老人、留着古怪发型的小伙子、复习功课的学生，还有一个在本子上写写画画的中年男人——我猜他可能是作家。我看着他们，喝着酒，然后又要了一瓶。

"为什么会来的里雅斯特？"上酒时，卖酒的姑娘问。

"想考虑一下自己以后想去哪里，想做什么，"我说，"在未来很长一段时间。"

"想出来了吗？"

"还没。"

她点点头。

"那祝你喝完这杯就想出来。"

"但愿如此。"

可是，喝完这杯，又喝了一杯，我依然没有答案。大脑仿佛黑洞一般，充满没有交集的圆环。我有点怀念当年的的里雅斯特，可那和我又有什么关系？我依然需要活在此时此地。除此之外，别无选择。

我买了单，走出门，双手插在大衣口袋里。湿冷的海风突然迎面而来，像姑娘们凉薄的嘴唇。我沿着大街往回走，想着乔伊斯，想着理查·伯顿，想着里尔克和弗洛伊德。他们当年各自走回自己公寓的时候，是否想出了什么？

我不知道。走了一会儿，似乎也忘了想知道什么。

我就这么沿着大街一直走向港口。

布尔诺

布达佩斯

佩奇

佩奇

佩奇

佩奇

佩奇

埃格尔

布尔诺

弗罗茨瓦夫

奥地利圣沃尔夫冈湖

的里雅斯特

的里雅斯特

后记
在旅行和写作中确认自我

2019 年夏天，我去瑞士伯尔尼参加全球"真实故事奖"（True Story Award）颁奖典礼。那是《午夜降临前抵达》出版后，我第一次回到中欧。

我提交的是一篇关于乌兹别克斯坦的旅行文学作品。我没去想它会不会得奖，也并不真的在意。光是主办方为我提供了往返欧洲的旅费就够令我感激了。当时我刚写完《失落的卫星》，整个人身心俱疲。我想借机在欧洲重游一番，彻底放松自己。

美国作家保罗·鲍尔斯将旅行文学的写作者分为两种：写东西的旅行者（a traveller who writes）和去旅行的作家（a writer who travels）。前者兴之所至，后者则有更高的文学追求。我暗自希望自己成为后者：从广阔的世界汲取经验，用文学的方式加以呈现，在旅行和写作中确认自我。

我对旅行文学这一文体的探索是从《午夜降临前抵达》开

始的。在此之前，我只写过一些短章，大多是为杂志写的旅行随笔，但从来没写过书。我很早就确定自己想成为作家，但从何处起步一直是个难题。最初写作时，我想写的主要是小说——我认为虚构是一种更为高贵的劳作。但好的虚构作品更多源于自省，源于直接的个人经验，而我的成长经历非常简单。我感到，它能提供给我的素材，不足以支撑我的抱负。写《午夜降临前抵达》之前的几年，我陷入了迷茫。我认为自己掌握了一些写作技巧，却找不到与之匹配的主题。

2012 年夏天，我拿到了德国博世基金会的奖学金，在欧洲待了一段时间。

我一边在中欧旅行，一边有意识地做笔记。我随身携带笔记本，遇到什么就掏出来。每天晚上，我也会在小旅馆的台灯下写日记。

我并没有考虑写书的事情。我沉浸在欧洲大陆带来的兴奋感里。那是我一生中最快乐的时光之一：无忧无虑地行走，邂逅各种各样的人，尝试分析看到的一切事物。

那时，中国旅行者更喜欢去经济发达的西欧旅行，对德国以东的大片区域基本视而不见。即便在欧洲内部也存在这样的偏见：人们认为中东欧地区落后保守，残留着铁幕时代的遗毒。不过，我在旅行中看到的却是一个丰富多彩、充满独特魅力的世界，甚至比我在西欧旅行时看到的更为亲切。

从欧洲回国后，我在家里度过了时差颠倒的几天。去欧洲前，我辞去了上一份工作，但没告诉家人。我不得不偶尔打着采访的旗号到外面转一圈。但大部分时间，我坐在书桌前，窗外跳荡着帝都明媚的秋日——我快要二十八岁了，既没有女朋友，也没有工作。我也不知道自己能写什么。

多半是为了逃避沮丧，我开始翻阅中欧的笔记。记忆突然照亮了我。我的思绪又被拉回阴雨绵绵的柏林，拉回结束《图片报》的工作，即将开始独自漫游的午后。我很快写下了开篇的第一个句子："我离开柏林那天，下着小雨，天空阴沉得像一块陈旧的大理石。"——然后，叙述从这里迅速展开。

回想起来，"夏"章一直是在近乎愉悦的状态下写就的。从小酒馆到爵士乐酒吧，从战争废墟到共产遗迹……纷繁的旧世界仿佛向我打开了一扇扇大门。带来更多触动的是那些旅途中遇到的人：他们的故事和思索，他们的语气和表情，乃至周围光线的细微变化，街上一辆汽车驶过时留下的音乐细流……我突然找到了寻觅已久的主题：旅程。

我希望用文字再现旅程，我希望带领读者进入一种"双重叙事"：一个是作为叙述者的"我"，另一个是更庞大的外部世界：通过"我"呈现世界的面貌，而世界亦在潜移默化中影响"我"。从这个意义上讲，《午夜降临前抵达》比我的后两本书更具私人性。

我用两个月的时间写完"夏"章，觉得可以把它扩展成一本书，但我掌握的素材还远远不够。随后的两年，我多次重返欧洲，用不同的方式，探索不同的线路。某种程度上，《午夜降临前抵达》帮我确立了日后的工作方法：有目的地旅行、阅读、寻找素材、日复一日地写作。它也教会了我对作家来说更重要的品质：保持耐心、享受孤独。

旅行让我看到了一个更广阔的世界，而写作让我发现大量的世界经验还鲜有中文严肃表达。原因不难理解：很长一段时间，我们都是那个世界的"局外人"。写《午夜降临前抵达》时，我渐渐意识到中文旅行写作的意义：去表达那些未经中文表达的世界经验。

相比"夏"章，"冬"章的气氛更加沉郁：宗教、移民、全球化带来的撕扯和伤痕已经初见端倪。"幽灵不曾远去，它就在不远处徘徊……总有一天，将以不可遏止的势头卷土重来。"——今天看来，书中的这句话不幸变得更为切题。

我原本应该写到瑞士，不过我当时觉得瑞士的旅费过于昂贵。因此 2019 年夏天，我很高兴瑞士主办方邀请我来欧洲并承担一切费用。我当时还不知道，这样的旅行在未来将变得多么奢侈。几个月后，新冠病毒将席卷世界，也将彻底改变我们的生活。

《午夜降临前抵达》出版后加印多次，获评"豆瓣年度好书"和"书店文学奖"年度旅行写作。书中提到的那条微博"穿越波兰边境，进入塔特拉山，此地到处是毛榉和冷杉。一个斯洛伐克人说，夜幕降临后，会有鹿群经过"也经常被读者打卡——我为这样的好运感到惊喜。这一次，借助再版的机会，我重新审阅并修订了书稿，希望它依旧能够陪伴读者度过漫长的时光。

2019 年夏天，那篇关于乌兹别克斯坦的文章最终获评"特别关注作品"。颁奖典礼结束后，我独自走回酒店。天空低垂，夏日空气中有松树的清香。街灯飘浮在我的头顶，仿佛天空在微微发光。时间已近午夜，我的思绪又回到过去，抵达那个大理石般的午后。

2021 年 1 月 18 日

北京

图书在版编目（CIP）数据

今夜降临很抢我 / 刘子越著. -- 上海：文汇出版社，
2021.8（2021.11 重印）
ISBN 978-7-5496-3551-1

I.①今... II.①刘... III.①散文集－中国－当代
IV.①I267

中国版本图书馆 CIP 数据核字（2021）第 102064 号

今夜降临很抢我

作　者 / 刘子越
责任编辑 / 句　蕾
特邀编辑 / 郑钋鹏
装帧设计 / PAY2PLAY
内文制作 / 王春雪
封面绘制 / 陈草阁

出　版 / **文汇**出版社
上海市威海路 755 号
（邮政编码 2000041）
发　行 / 新经典发行有限公司
电　话 / 010-68423599　邮箱 / editor@readinglife.com
印刷装订 / 河北鹏润印刷有限公司
版　次 / 2021 年 8 月第 1 版
印　次 / 2021 年 11 月第 8 次印刷
开　本 / 850×1168 1/32
印　张 / 10
字　数 / 150 千
ISBN 978-7-5496-3551-1
定　价 / 59.00 元